KB065492

별을 안은 사랑

별을 안은 사랑

김태경 시집

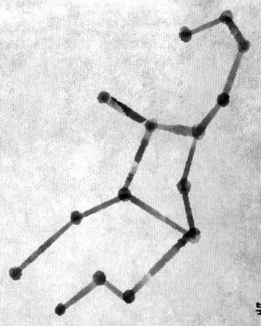

북허브

시인의 말

시를 쓸 때마다 우리말의 아름다움에 새삼 놀라곤 합니다. 그 매력적인 말로 시를 쓸 수 있다는 것은 참으로 행복한 일입니다. 데뷔작 「세탁소」로 세상에 나온 지 10년 만에 첫 시집을 묶어냅니다. 제일 먼저 제 시를 읽고 말해주던 첫사랑인 아내에게 고맙다는 말을 하고 싶습니다. 또 푸른 별에서 태어난 두 아이인 수인이와 강현이가 푸르게 자라는 모습에 감사한 마음뿐입니다. 그들에게 남편으로, 아버지로 잘 살아왔다는 말과 함께 이 시집을 주고 싶습니다. 살다가 힘들고 외로울 때 마음의 안식처요, 기쁨의 샘물인 시를 만날 수 있어 행복했습니다. 시인의 말을 쓰는 이 순간에도 시작(詩作)의 뿌리가 되어준 내 고향 진부와 오대산이 떠오릅니다. 그리고 늘 격려를 아끼지 않고 사랑의 두레박으로 맑은 물을 마시게 해 주신 부모님께서 지금처럼 건강하게 오래오래 사셨으면 하는 마음을 담아 이 시집을 바치고자 합니다.

끝으로 부족한 저의 시를 평해주신 이경철 평론가님께 고개 숙여 감사함을 전하고, 앞으로 더욱 더 정진하는 시인이 되겠습니다.

2018년 11월
송암(松庵) 서재에서

차례

• 시인의 말

제1부

제2부

제3부

제4부

제5부

제 1부

낮 붉은 편지를 읽는다
청춘도 시퍼렇게 녹이 날 때
시집 온 아내가 읽어 주는 고백의 연서
아, 내게도 손톱에 물든 봉선화
붉은 꽃잎이 있었구나

'여보, 몇 통 쯤 돼?'
'한 500여 통'

'다시 쓰는 편지'에서

얼레지꽃

나물 뜯는 소리에
놀란 얼레지꽃

환갑을 넘었어도 꽃이 좋아라
만지작거리는 어머니

봄을 뜯어
한가득 나물바구니에 담는다

연분홍 얼레지꽃처럼
어머니의 삶도 그렇게 핀다고

호젓이 산길 내려오다
살그머니 손을 잡노라면

나물 같은 삶
붉게 물든 어머니의 오후

저녁 밥상

굽이진 논길 따라
볏단 지고 오신 아버지
별빛도 함께 지고 오셨지요
평상 위로 대추나무 한 그루가
달그림자 드리울 때
소반에 둘러 앉은 식구들
보름달 바라보며
기도를 반찬 위에 얹어서 먹었지요
들녘을 건너온 바람도
햇살로 여문 곡식도
소반 위 그릇에서 다 눈부셨지요
어머니의 손끝에서
버무려진 고운 밥상 위로
웃음이 건너가고
오물거리는 입 사이로
밥알은 달디단 별이 되었지요

아버지

산에는 왜 올라가나요
아래를 내려다보기 때문이란다
내려갈 때 무얼 만나나요

앉은뱅이꽃
흐르는 물소리지

평창으로 가는 길

산맥의 등뼈에다
순한 마을을 숨겨 놓고
복사꽃 뜬 물소리는 천 리로 흘러간다
백두의 정맥은 뜨겁게 흘러와
도라지꽃으로 피어나고
사람들은 꿈으로 밥을 짓는다
오대산 흰 구름은
어진 그림을 드리우고
길 따라 돌아오는 소들의 울음은
노을처럼 퍼져 간다
아, 해피 700에 말뚝 박고
한 잔 술에 취하다
싸리꽃이 좋아 노루처럼 살다가
신선이 된다는 평창
머잖아 성화가 오르고
세계는 파도처럼 밀려와
선한 꿈으로 지어 놓은 밥을 먹으리라
든든한 배로 돌아가리라

어머니의 삶

한 평생 좌판에 앉아
산나물로 살아오신 어머니

이른 새벽 두부 만들 때
고사리 다듬던 무딘 지문 속으로
어린 내가 걸어 나온다

덤을 듬뿍 얹어주면
함박웃음 들고 가는 촌부들 곁에서
외로운 외길에서 노을로 지고

달빛을 옷깃에 묻은 채로
침침한 세월만 밟고 돌아오시는
나의 젖줄, 당신은

한 평생 좌판에 앉아
산나물로 살아온 나의 뿌리입니다

영산홍

살다가 살다가
눈부신 봄날에 하루쯤은
일손을 내려놓고
붉은 꽃술에 입맞추리라
심장도 뛰게 하리라
천 근의 시름도
놓으면 한 근인 것을
솜사탕 먹으며 햇살 속에서
향 깔고 앉아 단 하루라도
너만을 사랑하리라
살다가 살다가
화창한 봄날에 하루쯤은
삶을 다 내려놓고
꽃그늘 덮고 누우리라
나비도 만나리라

아버지의 마음

딸아이가 교단으로 걸어갑니다
아버지의 첫걸음처럼
오늘은 설렘도 두려움도 생겨나겠지요
그래도 걸어갈 세상 속으로
어깨 펴고 당당하게
아직은 다듬어진 돌이 아니니
가르침은 배우는 일이니
가다보면 길은 조금 더 넓어진다고
아이에게 말해 봅니다
첫눈 내리는 날 하늘을 바라보듯이
첫날은 아이들의 맑은 꿈만 생각하라고
가만히 속삭여 봅니다
한낮을 지나 그림자가 누울 때
딸아이는 어떻게 살았을까
종일 서성거리는 마음
까만 재 같은데
그 옛날에 아버지도 이런 마음이었을까
뒤늦게 전화를 드립니다

홍제동 누이

사랑을 먼저 떠나보내고
막막한 한숨 바람에 실어 보내고
먼 바다가 그리운 홍제동 누이
섬으로 가는 길 우도라는
가게를 열고 오늘도
이생진 시인의 시를 암송하며
호프를 팔고 있다
닭발을 먹으며 웃는 사람들 속으로
오가는 누이는 가끔씩
바람처럼 왔다간 사랑이
쉬었다 가는지
문 밖에 놓인 빈 의자를 바라본다
오래된 이별은 더 깊은 사랑이 되었는가
자정이 넘도록 불을 켜놓고
오라버니 왔다고
좋아라 웃는 누이여

엄마의 오후

나뭇단 팔러 가시는 엄마
가만히 바라보던 나는 장터 모퉁이에서
여린 눈물을 풀잎에 적셨지요

오늘도 더덕을 좌판에 펼쳐 놓고
당신은 길 위에서 늙어가는
오후의 햇살

희미한 길 달빛 따라
리어카 끌고 돌아오신 엄마
삶은 천천히 굴러가는 바퀴같이 더딘데

나는 뒤척이는 엄마 곁에서
팔다 남은 더덕 그 향기를 맡으면서
달나라 가는 꿈을 꾸며 잤습니다

형의 나물

더덕 누르대 참두릅에
고향 박달산도
듬뿍 담아 보내온
정(情)

누옥(陋屋)에
향 깔고 누워 호흡하니
핏속으로 스며드는
눈물

천 근의 가슴도
한 근처럼 가벼운 날
보고 또 보며
수북한 사랑에 배불러
꿈조차 없다

지천명 이 나이에
동심(童心)으로 돌아가
불러봅니다
형님아

방아다리 약수

붉은 작약꽃이 필 때
돌에 고인 한 모금 기쁨을 마셔 보라
천 년의 시간이 흘러가도
오롯하게 서서 기도하는 전나무에
흰 구름 걸렸거든
그대여 또 한 잔 마셔 보라
속기를 씻어주는 물로
환하게 열린 길을 만나리라
방아다리 전나무 숲 그늘에 앉아
고라니가 풀을 뜯을 때 적막을 씹는 산토끼를 보라
산다는 일도 하루를 놓아 얻으리라
작약꽃에서 잠든 벌과 나비
단잠의 뒤척임이
다 도원의 삶이라고

*방아다리 약수: 강원도 평창군 진부면 척천리에 있는 약수

감자떡

찬바람 맴도는 가을밭
밭머리에 뒹구는 감자 하나둘 주워
함박눈 속에 푹 숨겨 두었다가

차갑게 얼어버린 슬픔
썩어서 버려진 덩어리는
서럽게 익어 따뜻한 사랑이 된다

봄산 흐르는 물로 맑게 씻어
햇살에 내어 놓으면
곱게 익어 행복이 된다

세상살이 눅진한 날도
곱게 쪄내면 감자떡이 되듯이
우리네 눈물도 견디면 봄이 된다

그 봄날 눈빛 맑은 사람들이
들꽃처럼 찾아와
사랑 한 입 베어 물면 좋겠다

어단리

어단리 삼승정미소
내 젊은 날 사랑과 손잡고 찾아간 곳
한 세월 농부들의 알곡을 빻으며
어린 감나무 두 그루가 무성할 때까지 사시던 곳
이제 그 나무에 감꽃은 피었다 지고
말랑말랑한 홍시로 익어가
하늘로 날아가는 새들에게 온몸 내어주듯이
장성한 자식들 떠나보내시고
이제는 푸석한 정미소 곁에 두고
당신은 일손 놓아 눈감고 서 계신다
피혁 감아 돌리고
높은 곳 사다리 타고 오르내리던 곳
이제 젊은 일꾼이 감나무 곁에서
무성한 잎 피어올리고 있는 곳
어단리 삼승정미소로
희끗한 가을바람 불어올 때
차창 밖으로 손 내밀어 시간을 만지는 나뭇잎 같은 손
세월을 놓아 주름진 평온 곱게 말리시며
웃는 모습은 젊은 날 여린 감나무 그늘이시다
살아보니 다 놓아야 돼

그러나 사랑은 놓지 말고 살아야 한다
조곤한 말씀은 햇살 같아
가슴에 품고 어단리를 떠납니다

*삼승정미소: 강원도 강릉시 구정면 금평로 482에 있는 정미소

다시 쓰는 편지

낯 붉은 편지를 듣는다
청춘도 시퍼렇게 녹이 날 때
시집 온 아내가 읽어 주는 고백의 연서
아, 내게도 손톱에 물든 봉선화
붉은 꽃잎이 있었구나

'여보, 몇 통 쯤 돼?'
'한 500여 통'

나는 장롱 깊숙이 잠든
손때 묻은 사랑 몰래 깨워 본다
말랑말랑한 시간을 꺼내
닦아 본다, 기억의 싹이 보일 때까지
그리고 빛바랜 날들 위에다
덧칠하여 쓴다

아직도 나 그대를 사랑하오
붉은 심장 멎을 때까지

별을 안은 사랑

저승으로 가는
문고리를 꼭 잡고서
온힘으로
별 하나, 별 둘을 낳은 아내가
희끗한 삶 누이고
푸르게 자란 꽃을 안고 잔다
곁에 누운 별들도 곤하다

가만히 바라보다
눈부신 지구에서 자란 목숨들이
어찌나 아름다운지

······무릎을 꿇는다
밤이 옷 벗을 때까지

저녁이 오면

저녁이 오면 하루를 접는다
접혀진 시간 위로
살아온 하루가 깨끗한지
살아온 하루는 누가 된 건 아닌지
가로등 불빛 아래서
나를 세워놓고 나를 돌아본다
저녁이 오면 일의 사슬을 풀고
가끔은 비 내리는 거리에서
가끔은 함박눈 내리는 골목길에서
그리운 이를 불러내
막걸리 한 잔 휘저으며
곰삭은 젓갈 한 토막을 안주 삼아
기다림을 이야기하고 싶다
저녁이 오면
그림 같은 풍경 속으로 걸어가다
대문을 콧노래로 열고
달빛 아래서 감처럼 익어가는
식구들의 웃음소리를 만날 때마다
돼지고기 한 근에
자글거리는 이야기 한 점 얹어

노동의 하루를 접고
잠꼬대 없는 잠을 자고 싶다
저녁이 오면
허공을 날다 돌아오는 새처럼
늘 가볍게 돌아가고 싶다

부부(夫婦)

1.
사랑은 백지 한 장
영혼의 화인(火印)을 찍는다

촛불 켜고
하객들 앞에서 그 사랑 곱게 풀칠하면
드디어
둘이 하나요
하나인 듯 둘이다

서로의 면으로 찬바람 막아주고
서로의 가슴으로 나누는 온기
햇살 톡톡, 건드리며
눈빛 맑은 아이들이 세상으로 나온다

2.
가끔, 하나를 둘로 찢고 싶다고
진흙밭에서 은밀하게 악쓰는 울음
찢어진 속살을

상상화 속에 넣어 본다
너풀거리는 살점들이
푸줏간에 걸린 고깃덩어리처럼
흔들리고 있다

아니지, 아니다 고개 흔들며
흐르는 강물 따라
거칠어진 손 맞잡고
노을진 바다에 다다른다
해는 지고 있으나
두둥실 행복은 달로 뜨고
주름진 얼굴에 물든 달빛이 살갑다

꽃물이 다 져도

꽃물이 다 졌다고
아내의 시간은 홍시처럼 말랑말랑한데
잔주름은 가을같이 깊어만 간다

바람이 든 무 같은 사랑은
물고기처럼 팔딱거리는 강물 앞에서
이제 뒤척이는 눈물이 된다

희끗한 웃음을 들고
설움도 차분하게 접고 있는 아내는
하현달 위로 걸어가는 반백년

꽃물이 진 자리 속에서
날개 접은 새들이 등불을 켜놓았어도
환하게 웃는 단풍 서럽기만 하구나

대추나무

부엌문 나서면
대추나무 한 그루

할배가 심어서 마흔 살이 되었구나

가을날 떠난 임 그리워
붉은 눈물 주렁주렁

어버이날

카네이션 가슴에 단 어머니
다 말라버린 샘이지만
저 깊은 우물로 우리를 키우셨구나
팔순의 저문 날이니
남은 날은 슬프지 않을까
독백은 꽃잎처럼 떨어집니다
그러나 오월 팔일이 오면
어머니의 봄은 세월로 익어
더 향기로운 눈빛인 것을 알았습니다
세상살이 버거워 먹구름이라고
투정이라도 부리면
다 흘러간다고
걱정을 녹여주시는 화롯불 같은 사랑이여
어머니 오래오래 사셔야 해요
그 말에 빙그레 웃으시며
네 전화 한 통화가
쇠고기 한 근보다 더 좋으시다는 어머니
오월, 넝쿨 장미 앞에서
풍진 세월로 살아오신 당신께
카네이션 꽂아 드리다가
곰삭힌 말씀을 가만히 듣습니다

국수

한 끼니 때우기 위해 먹는다고

가만히 국수를 바라보다
나는 불경스럽다

청밀은 겨우내 얼었다가 춘설 털고 일어나 춤추는
오월에 익어가고 농부의 발자국소리에 여물었나니
반죽에 들어간 사랑은 천만 근인데

몸을 곧추세우고 나는
외경의 마음으로 젓가락질한다

다 비운 그릇 위에
든든한 한낮이 눈부시다

연서

젊은 날의 연서
장롱 속에 잠들어 있었다
꺼내니 환한 부끄러움으로 나온다

편지를 읽다 보면
나이는 먹어도
사랑은 나이를 먹지 않는구나

제 2부

뛰어간 청춘은 돌아오지 않고
뒹굴다 놓아버린 시간은 단풍으로 물드는데

이제 보인다, 환한 달 아래서
뛰어도 뒹굴어도
다 바람 속에서 놀다 가는 것을

'뒹굴다' 에서

오늘도 철쭉은 피는데

-그리운 할아버지

장다리꽃처럼 휘청거리며
이슬 맺힌 풀 한 짐
서늘한 아침 햇살도 얹어 지고
산골에서 돌아오면
배고파 음매하는 황소 한 마리
삶의 전부인 듯
선한 눈으로 바라보시던 할아버지
막일만 하다
굳은 살 박힌 손으로
푸른 하늘 만지려고 애쓰시던
손끝이 항상 아렸습니다
긴 논두렁 위에
순한 구렁이처럼 기면서
낫질로 베어버린 한나절
먼 산 뻐꾸기 울음에도
허리 한번 펴지 못한 팍팍한 삶
모내기 바쁜 날
일손이 모자라는데
일손 덜어 내 죽음 만지게 할 순 없지
거짓말처럼 죽음도 몇 날 연기하시다가

모 뿌리 깊게 뻗는 날
서늘한 아침 햇살 땅에 내려놓고
뻐꾸기 울음 속으로 떠나셨죠
살아온 삶 빈 껍질처럼
관 속에 놓으시고
죽사리 경계에 창호지 한 장 덮으며
서럽게 흘리는 눈물만 주워 들고
그렇게 떠나버렸습니다
그날처럼 빗소리가 철쭉을 흔들고
뻐꾸기는 우는데
돌아오지 않는 당신은
잔솔바람으로 흔들리고 있습니다

*죽사리는 죽고 살다가 결합한 합성어로 고어(古語)

성냥

눈보라가 치는 날
작은 불씨 하나가 삶을 데워주고
구들장 아랫목에 누운 겨울
순한 소처럼 쓰다듬는다
너는 언제나 다소곳이
밀어를 숨긴 채
뜨거운 소멸을 꿈꾸고 있는데
나에게 물어본다
저 성냥처럼 얼마나 깊은 다비식을
꿈꾸며 살아가고 있냐고

단옷날

사람들로 흥성거리는 강릉 단옷날
이날은 할아버지 기일이라
진부행 버스로 나의 뿌리를 찾아갑니다
기억 속 당신은 콩밭에 계시고
웃음소리는 논두렁 풀 베던 모습에 박혀 있습니다
기억의 갈피 한 장씩 넘기고 있을 때
텃밭에서 일하는 형이 오늘은 내려오냐
굽이진 길을 따라 나는
어린 시절 그네가 하늘로 치솟듯이
그리움을 안고 할아버지를 뵈러 갑니다
오래된 기억 실타래 풀듯이 풀다 보니
길이 끝나는 곳에서
묵은 된장처럼 구수한 고향 마을이 보입니다
마당에 들어선 손자에게
당신께서 마당가에 심었던 뽕나무에
주렁주렁한 오디열매로 숨을 돌리게 합니다
뽕나무 그늘에서 따 먹는 열매
그 옛날 정겨운 손으로
건네주시던 사랑으로 먹어 봅니다

휴곡동

마을 사람들은
휴곡동을 쉬텃거리라 부른다
해마다 오월 오일이면
다 자란 자손들이 세상에서 살다가
자라는 아이들을 데리고 와
쉬텃거리에서 잠든 육대조 조상을 만난다
저마다 삶을 들고 와
곱게 씻어 무친 나물에다 비벼먹고
오월의 그늘에서 쉬다가
힘차게 또 세상으로 나간다
늘 이곳에 올 때마다
산수유나무처럼 자란 아이들이
오월의 푸른 희망을 만나고
앞산에 핀 진달래꽃
돋아난 쑥을 손끝으로 만지니 좋아라
곧은골(直洞) 그 곧은 힘으로
이곳 쉬텃거리에서
씨 뿌리고 살다가 가신 조상들처럼
우리도 올곧게 세상살이하다가
다시 오월이 돌아오면

강으로 돌아오는 연어와 같이
알을 품고 만나야 한다

*휴곡동[쉬텃거리]는 강원도 평창군 진부면 하진부 2리에 있는 지명.

조금만 놓아버리면

너를 그리워하다
시간의 칼날에 베인다

사람은 오고 가는데
녹음이 춤추는 숲속으로
꼭꼭 숨어버린 너는
슬픈 달팽이
너무 깊은 땅으로는 가지 마
사랑도 잊혀질라

힘껏 살다가
장미꽃도 만져보지도 못하고
그만 날선 가시에 찔려
피를 뚝 뚝 흘리며
땅 속으로
스며드는 육신이여

조금만 더 낮춰
꽃잎에 입맞춤하고
산골 물소리에 귀를 적시다가

폭포소리에 혼곤하게 잠들었더라면
이토록 사무치겠는가

너와 이별하고 돌아오다
하늘이 토하는 비에 젖는다

그 자리

시간이 되면 한번 가보자
지나가는 듯 하신 말씀
못 들은 척 무심하게 살다가
산에 올랐습니다
휘늘어진 솔가지에 산새가 앉아
온종일 재잘거리고
햇살이 눈부시게 내리는 곳
참나무 사이 쑥부쟁이 환한데
오래된 조상의 뼈들이
꽃이 되어 흔들리고
할아버지는 청청한 소나무가 되어
시퍼런 솔잎으로
하늘을 만지고 있는 그 자리
등뼈 휜 삶을 묻을 거라며
말없이 아버지께서
오래된 봉분만 바라보고 계십니다
산비탈 내려오다가
앙상해진 손 슬며시 잡아보며
먼 듯 가까운 산
돌아보니 눈앞이라 캄캄한 날입니다

섣달 그믐날

일 년 내내 감아 빗던
머리카락 모아서
잡귀신 물러가라 태우시던 할머니
그믐날
흰옷 입고서
사분사분 걸어오시고

동장군 몰아쳐서
낡은 꿈 깨어지더라도
눈이 녹는 봄날로
새날의 푸른 꿈들이
모락모락 피어나는 길로 가야지

켜켜이 쌓인 후회는
눈보라에 젖고,
섣달 그믐밤 반추의 시간 속에서
피나게 손가락 깨물어보며
그날의 할머니를 떠올려 봅니다

무연고 무덤에서

복령을 캐는 날
진달래꽃 환하게 웃는 무덤가
뼈는 묻히고
자손은 오지 않아
한나절 뻐꾸기 울음에 잠든
무덤을 보았지
단풍든 나이가 되어서
유년의 길 더듬으며
산등성이에 오르니
이제는 비바람에 깎여
평토가 되어버린 그 무덤을 보았지

귀거래사

산나물에 막걸리 한 잔
오대산 벗을 삼아
솔바람에 묻혀서 살리라

복사나무 두 그루 심어놓고
꽃 피는 봄날
새소리에 한잠 자리라

나 이제 돌아가리라
도라지꽃 산나리 핀 언덕 아래
흙담집 풋풋한 곳으로

어느 날 그리움이 찾아오면
산머루처럼 익힌 기다림을 부어주며
장닭 긴 울음에 배 두드리며 맞으리라

작은아버지

산으로 돌아가는 길은
칠십하고도 두 해나 걸렸습니다
가진 것 다 내려놓고
베옷만 입고 그렇게 갔습니다

시름 다 내려놓고 삼일 만에
이승의 기억들 흰 창호지로 덮으시고
곡소리로 떨어지는 흙
가슴에 꼭 안고서 갔습니다

당신의 밭은 가을인데
팔지 못한 배추는 된서리에 젖고
우편함에 농자금고지서
서럽게 펄럭거리는 만장 같은데

산으로 돌아가는 길은
칠십하고도 두 해 뿐이었느냐고
높아지는 봉분만 바라보다
형의 애끓는 소리에 풀들도 울고 있었습니다

@

골뱅이 속으로 들어간 편지
미국 뉴욕에 사는 누이에게로 간다
문득 을지로에서 먹던 골뱅이무침
누이도 생각이 나려나
비가 촐촐히 내리는 가을인데
누군가가 "이메일 주소 불러 주세요?" 하면
777juin 골뱅이 점 hanmail
라고 불러줄 때,
@ 속에는 새로운 인연이 찾아오는 듯
그 특수문자를 불러준다
친구가 @를 돼지꼬리 같다고 할 때
나는 부득부득 골뱅이라고
그 속에다
오랫동안 전하지 못한 소식
깨알처럼 적어 @에 담아 동생에게 보낸다
마지막 한 줄에다
"을지로 골뱅이 생각 나?"
다시 그곳에서 못다한 정을 나누자
보고픔을 꾹꾹 눌러서
먼 나라에 사는 그리움에게 쓴다

원 안에서

눈 뜬 새 한 마리
마른 북어대가리를 쪼아대면서
먹구름 하늘에 젖는다

어쩌면 산다는 것이
원 안에서 원 밖으로
한 발짝 벗어나는 것일지도 모르는데
하루는 늘 쳇바퀴처럼
굴러가는 울음이다

그래도 잔설을 뚫고
옹골차게 솟아오르는 파뿌리가
바람과 입맞춤하며
저 논밭에서 당당하듯이

울음 접은 새는
산기슭에 피어날 꽃나무 바라보다가
나는 것이 나의 몫이라면
이제는 원 밖으로
마른 북엇국 마시고 나가리라

나목

겸손하게 옷을 벗는다
알몸은 태초의 뜻이었다고

지나간 한여름 푸름을 잊고
무상의 흐름 온몸으로 보여주며
허허롭게 서 있는 나무여

관목 사이로
흐르는 바람처럼 왔다가
땅으로 돌아가는 살점의 잎들

나무는 저 나무는
별빛을 베개 삼아 누웠다가
돌아올 봄날 꿈꾸면서 이 가을에

겸손하게 옷을 벗는다
알몸은 태초의 뜻이었다고

어느 노인

절름절름 세 걸음 걸어가다
능수버드나무에 주렁주렁 매달린 봄빛을
올해도 바라본다고

노을에 젖은 오후
나무에 손을 넣고 오랫동안 서 있어라

포착

한여름 폭염을 피해
느티나무 그늘에 앉았는데
문득 귀가 문을 여니
고부간의 말이 들어옵니다

허름한 미용실에서 나오다가
등 굽은 세월에 자라나는 흰머리카락을 만져보는 며느리가
"어머니, 머리를 다듬으니 더 젊어졌어요."라고
박꽃처럼 웃는 모습 고운지고

이제는 주인 없는 유모차에 의지해
걸어가는 할머니지만
마음만은 구름 위로 나는지
그에 맞춰 느티나무 잎들이 춤춘다

귀는 문을 닫아도
며느리의 그 고운 목소리는 떠날 줄 모르네

뒹굴다

말이 나를 감싸는 시간
한 세월 잘 살았다
혼잣말 툭 내뱉는데 달이 보인다

뛰어간 청춘은 돌아오지 않고
뒹굴다 놓아버린 시간은 단풍으로 물드는데

이제 보인다, 환한 달 아래서
뛰어도 뒹굴어도
다 바람 속에서 놀다 가는 것을

낙엽송

앞산 다섯 그루
푸르던 잎도 버린 무욕의 나무

온몸이 곧다
솟구친 수직 끝자락에
구름도 쉬어가누나

결 고운 나무
목침처럼 산을 베고 누었다가
곧게 일어나는 한나절

뻐꾸기 울음도
안으로 삭혀
향을 뿜어내는 나무

너는 늘 앞산에서
해마다 낙엽이 되어 떨어지며
삶의 길을 보여줄 때

나는 거기에 서 있었다
당당하게 서 있었다

가을이 오면

가을이 오면
들국화 핀 언덕에 누워
단풍나무 그늘을 덮고 한나절 자다가
산머루 향을 물고 온 산새소리 들으리라
날 저물어 하산할 때
계곡 물소리에 발을 씻고
등에 붙은 꽃잎 앞가슴에 여미고
그렇게 오는 나의 늦가을을 맞으리라

저녁

너는 날마다
빳빳한 아침을 다려 입고
삶의 부대끼다
국물처럼 짠 오후가 하품할 때
홍해처럼 가슴을 연다
너는 언제나
땀내 절은 하루 속으로
달리다가 돌아오는 가장들에게
식구들이 켜 놓은 기다림을 만나게 한다
너는 오늘도
사랑으로 끓인 된장국
맛난 향기 같은 시간을 뿌리며
안식의 이불을 깔아준다
너는 단단한 껍질 같아도
어김없이 다가와 걸친 옷 벗으라 하며
다시 아침을 다려서 입을 때까지
날마다 너는
눈부신 여인 같아라

세상이 내게

세상을 다 살았노라고
생각한 대로 살아보려 했다고
이렇게도 간절하게 말씀하시던 노시인께서

힘들 때는 여행이 최고야
게다가 막걸리가 곁에 있어 을매나 좋은지

세상을 어루만지며
늦가을 단풍을 본다는 일
얼마나 고마운 줄 나이 들어 알았다네

또 한밤에 일어나 시를 쓰게
달밤이면 환장하게 좋드만

곱씹어 볼수록 깊은 말씀
옹달샘처럼 맑은 노시인의 눈빛이
한밤중에 잠을 깨웁니다

암병동

–누이에게

나뭇잎이 애처롭게 떨고 있다
외줄 타는 어름산이가 환영처럼 보이는가
누이는 죽사리로 휘청거리면서
오늘도 한 걸음 더 걸어가는 삶의 끝

목소리는 허공에 박히고
기억은 혈관에 막혀 흐르지 못하는가
울음의 끝 붉은 동백꽃처럼
빗물에 파르르 떨고 있는 누이야

오가는 이 미소로 떠나보내고
우리는 동춘서커스단 외줄 이야기로
추억의 테이프를 돌리지만
숨이 찬 아픔은 올러산 시산빈 픽닐 뺀이다

이제 손끝으로 만졌던 봄
환한 꽃불로 고향 앞산에 불타오르는데
누이야 놓아야만 하는가
그래 낡은 옷 벗고 새옷을 입으려무나

철수세미

아내가 출근한 아침
녹이 쓴 하루를 닦는다
한 움큼 쥔 철수세미로

켜켜이 쌓인 슬픔을 닦다보니
눅눅한 삶도 문지르고 문지르면 윤이 나는 것을
포개놓은 어제를 생각하며 운다

식구들의 밥공기 바라보며
한가득 사랑을 퍼담아 먹이고 싶어
윤이 나게 아침을 다시 닦아본다

해는 중천에서 기울고
헝클어진 삶처럼 뭉친 수세미로
미안한 마음 닦고 또 닦으면서 보낸다

오늘 하루도
허리띠로 졸라맨 기도로
고단을 끌고 오는 아내를 기다린다

제 3부

꽃을 보기 전에
혹한의 기다림을 보지 못했다면
삶이 화려하다 눈부시다
말하지 말아 다오

겨울 지나 봄이 오는 땅 속에서
뒤척이며 뒤척이며
웅크린 시간 위로 홀로 나와
향기로운 날이 되었고나

'홍매화' 에서

도피안사

연꽃 위로
풍경소리가 흐르는
피안의 아침

너른 뜰 안
느티나무는 홀로 청정하다

번뇌를 끌면서 달려온 천릿(千里)길

비로소 만나는 온화한 미소
철조비로자나불

천 년 동안 기다려
수인(手印)으로 녹여주는
공허의 꽃이여

*도피안사: 강원도 철원군 동송읍 도피동길 23

고석정(孤石亭)

한탄강에 뿌리박고
억년의 세월
견고한 외로움으로 참선하는 바위
흐르는 물소리 벗 삼아
태초의 침묵 그대로
무욕의 경지에서 쓰다달다 말도 없이
묵언 수행하고 있구나

달빛 흐르는 밤에도
눈부신 햇살 아래에서도
금강의 자세로 살아가는 선승인가
세속도 아스라하고
산새는 흔적도 없이 날아가는데
장삼자락 휘감을 듯 흐르는 물소리로
온몸에 금빛처럼 감고서
고요의 뿌리까지 적시는구나

깃털 같은 시간도
영겁처럼 흐르는 오후
청옥 흐르는 물에
번뇌도 하나의 묵은 업장
너는 말없는 말을 보내는구나

*고석정: 강원도 철원군 동송읍 장흥리

적광전

적광전에 들어가면
들뛰던 사람들 앉아보라고
반개한 눈 뜨고
무명도 안아주는 자비를 만납니다
입가에 머문 미소
번뇌가 다 녹을 때까지
사바를 안아주는 묵언도 만납니다
눈길로 걸어와 당신만 바라보다
설움을 한 짐 지고 엎드린 사람 다독이고 있음을
이마가 마루에 맞닿을 때 알았습니다
오늘은 자비의 이불을 덮고
흙먼지와 찌든 때도 다 녹이며
적광전 뜰에 앉아
석탑 앞 좌정한 약왕보살
머리에 앉은 새가 오롯해서
가만히 바라봅니다

*적광전: 강원도 평창군 진부면 동산리 63번지 소재한 월정사 대웅전의 이름

월정사 부도에서

오롯한 부도 앞에서
꼿꼿하게 허리 세운 전나무도
살며시 옷깃 여미며
사철 내내 푸르게 기도한다

열반한 선승들
허한 바람을 만지면서
가부좌 틀고 앉아
살아 백 년 죽어 천년을 사신다

풀잎 위 맺힌 찬이슬
산새가 쪼아 먹는 곳에서
단단한 금강저처럼 살아 계신
눈 뜬 사람들의 고향

손끝 달을 보라
호탕 웃음은 물소리가 말하고
곧은 전나무 사이에 뜬 달
은물결 위 그림자로 흘러간다

해미읍성에 가면

-호야나무

신자가 아니라도
팽팽하게 매달려 순교한 이의 마음
푸른 잎으로 되살아나는 봄
해미읍성 호야나무 그늘에 서면
햇살보다 눈부신 기도를 만나리라

신자가 아니라도
가시밭 속에서 믿음을 손에 쥐고
가고 또 가다가 피 흘릴지라도
하늘만 바라보며 살았다는 말씀
그 나무 아래에 서면 뚜렷하게 들으리라

저 뿌리 깊은 호야나무는
너른 땅 해미성지에 우뚝 서서
청청한 길은 오직 하늘인가
기도하며 손 벌린 가지는 뿌리에 고인 믿음
가신 이의 웃음소리라 피워 올린다

신자가 아니라도 만나리라
믿음을 동백꽃처럼 피우기 위해

으깨진 살점, 붉은 피 흘리며 가신 땅으로
하늘의 사랑 한 아름 안고서
순교의 땅으로 프란치스코 교황이 오시는 것을

*해미읍성: 충청남도 서산시 해미면 남문2로 143
*호야나무: 회화나무의 충청도 방언

내소사

소처럼 걸어서 들어간다
나는 업을 녹이지 못한 길에서
맑은 하늘만 바라본다
나무는 천진한 바람에 몸 맡기고
돌은 환하게 웃는데
찌든 마음 다 내려놓으니
합장한 두 손 사이로
눈물이 스며든다
천 근보다 무거운 삶 무겁다 말라
풍경이 울린다
문살 사이로 부처가 웃는다
지고 온 한 짐의 슬픔도
돌계단에 앉아 있는 나의 몸에서
살고 싶다고
그냥 살자고 한다

*내소사: 전라북도 부안군 진서면 내소사로 243

송림정사
-성탄절

아홉에 하나 더하여
일원상 같은 달 허공에 놓아

사랑의 길도
자비의 길도

어긋난 길이 아니라 하나의 길임을,

손수레 끌며 폐지 줍는 손에서
가난한 여인이 힘 다해 켜 놓은 등불 앞에서
빈 주머니에 찰랑거리는 눈물 꽉 움켜진 사내의 손에서

기도의 길이 저마다 다르지 아니함을,

함박눈 내리는 허공에서
풍경소리와 성당 종소리가 만나네
둘이 아닌 하나의 소리로

철학자의 나무
 -마이클 케나의 '스노트리'를 보면서

월정사 풍경소리 들으며
명상하는 철학자 그 나무를 보셨나요
가끔 산새가 날아와 침묵을 흔들기도 하고
때론 바람이 불어와 고요를 만지다
적멸로 가는 등불을 밝히듯
오롯하게 서 있는 그 나무를 보셨나요
목숨의 노래가 겨울 속치마 털고
맑은 물소리에 온몸 흔드는 환희의 나무를
그대는 보셨나요
봄이 가도 무심하고
여름이 와도 허허롭다가
만월산 도토리 그리워 산을 바라보는
정토에다 뿌리 내리고
함박눈에 덮인 체 꿈을 꾸고 있는 것을
구름을 따라가는 목어소리 들으며
종일 반개의 눈으로 세상을 보는 그 나무를 보셨나요
혹시 오대산 월정사 너른 뜰 거닐 때면
우리의 번뇌를 어루만져 주는 그 나무
붓다처럼 그윽한 미소를 꼭 만나보세요

적멸보궁

금강소 맑은 물 따라
임 찾아 길을 나서면

상원사 동종, 선녀의 손가락 끝
흰 구름도 너울춤만 춰

전나무에 앉아 고요를 흔드는 새소리 듣다가
산길 끝에서 만난 적멸보궁

가부좌 튼
고운 임의 눈썹이여

인연 따라 적멸에 든 새
보궁에 앉아서

사바세계에서
하심하라고 지저귑니다

*적멸보궁: 강원도 평창군 진부면 동산리에서 부처님의 진신사리를 모셔 놓은 절

선교장

한여름 활래정 연꽃들
햇살로 피어나 바람에 흔들리고
물오리 두 마리
녹음을 덮고 누워 졸고 있네

옛사람 노랫소리 들리지 않는
선교장 고요한 뜰
활짝 핀 접시꽃은 새소리에 흔들리고

열화당 문살 사이로 흐르는
대숲 바람 맑은 소리
한 근의 속기를 씻어 주네

대청에 앉아 눈 감으면
청아한 거문고 소리
산자락 휘감고 오는 솔바람처럼
지나간 삶도 다 보일 듯하네

*선교장: 강원 강릉시 운정길 63. 이곳은 세종대왕의 형 효령대군의 11대손인 무경 (茂卿) 이내번(李乃蕃)에 의해 처음 지어진 후 10대에 이르도록 발전과 증축을 거듭하며 지금의 모습을 갖추게 된 집이다.

송담서원

문을 닫고
세상을 걸어 잠그고
낮잠 자다
몸 뒤척이는 현룡

먼 길 따라
찾아간 그리움
흰 이마에
마파람이 분다

마른기침 소리
게 누구냐?
들리는
서늘한 환청

절하고
돌아 나오다
삼백 년 동안 고개 숙인
배롱나무도 만나네

*송담서원: 강원도 강릉시 구정면 언별리에 있는 율곡 이이의 위패를 모신 서원.
*현룡(見龍): 이율곡의 아명.

사자암

산 속을 헤매다
터져버린 막막한 울음

그래도 가야지
작은 암자 거북이가 토하는 맑은 물
한 잔 다 마시고 나니

구름이 걷힌 길 하나
보여주는 절

*사자암: 강원 평창군 진부면 동산리. 상원사에서 적멸보궁으로 올라가는 길에 만나
는 작은 암자.

용주사

불혹의 나이를 지나서야
승무의 탯줄을 찾아 용주사로 간다

야삼경 달이 환하다
당신은 복사꽃 볼이 붉은 번뇌를 안고
휘도는 울음을 만나셨나요

열여덟 줄의 노래
고깔은 나비처럼 너울거리고
툭 차올린 번뇌는 버선코에서 울어라

고운 물로 바라본 빌
아련한 말씀 휘도는 춤사위에 녹아나고
오동잎이 달을 안고 떨어질 때

대웅보전 너른 뜰 앞
희미한 글자 귀의를 쓰다듬으면서
당신의 승무를 읊조려 봅니다

*용주사: 경기 화성시 용주로 136. 이곳은 정조대왕께서 아버지이신 사도세자를 위
한 능침사찰이고, 또 조지훈 시인의 대표작인 '승무' 가 창작된 곳이다.

진관사

−백초월 선사

삼일절 아침 뉴스
티브이에서 백초월 선사의 태극기가
진관사 칠성각에서 나왔다고

불타는 슬픔 속에서
당신은 일장기에다 울분을 찍어
태극기를 덧그려 그렸으리라

당신께서 머무셨던 절
염원을 꽁꽁 싸 깊숙이 감춰두시고
이역만리 눈보라 속으로 가셨을 것 같아

오늘 칠성각에 엎드려
이제 겨울이 지나 봄이 왔다고
선사께서 흔들던 태극기를 만납니다

*진관사: 서울특별시 은평구 진관길 73 (진관동)

관촉사

아들은 논산훈련소에 들어가고
애가 끓는 마음으로 돌아오다
관촉사 은진미륵 팻말을 보고 찾아간 절

독경소리 들으며 서 있는
은진미륵을 가만히 바라보며
자식의 안녕을 빌었습니다

소망을 다 들어줄 듯
넉넉한 웃음으로 바라보는 미륵 앞에서
아내의 눈물을 닦아주고

연잎차 수북한 마당귀에서
군가를 부르며 뛰어갈 아들 생각에
발걸음 느린 사랑에게 차 한 잔 따라준 절이여

*관촉사: 충청남도 논산시 관촉로 1번길 25 은진미륵이 있는 사찰

독도의 목소리

나의 뿌리가 백두산임을 아는가
나의 가슴에 뚜렷한 이사부의 발자국이 있음을

외로운 섬이라고
괭이갈매기 날아와 조잘대다 가고
이글거리는 해 밤마다 뒤척이는 마음 달래주는데

뭐, 외로운 섬이라고
아니지 백두의 힘으로 사는데
그럼 아니지 동해바다 푸른 물과 사는데

허 비린내 나는 것들
나를 다케시마 죽도 죽도라고

죽도로 야단치려해도 젖내가 나는 걸 어떡해
죽도록 야단치려해도 비린내 나는 걸 어떡해

허유가 귀를 씻듯이
나는 날마다 귀나 씻고 살아야지
그러나 아시게나,

발톱도 감추고 사는 욕심이 사납다네

내 가슴에 화인같은 이사부의 발자국 자주 만져보게나
아, 세상은 언제나 올바름이 이기는 법이지

청평사

매월당이 머물렀다는
오봉산 청평사
물소리로 귀를 씻고 찾아갑니다

당신의 너른 마음
시름 달래며 섰던 그 자리
어디쯤일까

도나무는 꿋꿋하게 서
그 옛날을 오늘인양 말하는데

처마 끝 풍경소리
오래된 기둥을 타고 내려와
해거름에 누울 때

가부좌한 산 그 위로 구름이 넘어가고
금빛으로 익어가는 바람이 불어와
한 세월 붉게 살라 한다

*청평사: 강원 춘천시 북산면 오봉산길 810에 있는 사찰

82

달마

새벽 두 시
잠 깨어 달마를 만나고

일 배
또 삼 배

정토 가는 길 묻다가
두 손 모으니

당신은
한없이 웃고

유월

녹슨 철로에 내려앉은 유월
부서져 바스라지고
동강난 시간
녹슨 설움은 철마에서 운다

목비로 낡아가는
한 줌 부토가 되어도
영령은 들꽃으로 되살아나는가

당신이 떠난 후에도
여기는 지금도 포화에 떨고
찢어진 정맥 속으로 통곡만 흐른다

기침에 몸 뒤척이며
목울대 터져 울음도 나지 않는 유월
외등 같은 반달이
흘러갈 때

소쩍새 한 마리
당신들의 슬픔을 토한다
허리가 잘린 녹난 철마 위에다

먹빛 반세기로 우는 땅

―백마고지에서

붉은 피로 자란 푸른 잎들
피아(彼我)가 누운 백마고지에서
먹빛 반세기로 일렁인다

어쩌다가 우리는
이토록 먼 길까지 왔는가
조금만 놓았더라면
조금만 더 사랑했더라면
우리의 심장에는 벌써 꽃이 피었으리라

오늘도 구름은 남에서 북으로 흐르는데
가늠자 속 날선 눈빛의 피아여

보라
저 나무에 무슨 비애가 있는가
천천히 다시 보라
이어진 산과 산에 꽃들이 금을 그어 피었는가

녹슨 세월 닦지 못한다면
우리는 백마고지에서 무슨 말을 하겠는가

석수의 노래

진부석재 앞마당에
먼 길 돌아온 돌이 누워 있다
그가 사랑으로 쓰다듬다가

묵중한 시간을 깎아내면
억 년의 잠을 깨고 일어난 꿈이
두 팔 벌려 기지개 켠다

정소리가 돌에 스미면
번뇌는 조각조각 떨어지고
누운 슬픔 일어나 보살이 된다

그는 적멸로 가는 길
이마 위에다 햇살처럼 얹어 놓고
먼 산을 가만히 바라본다

홍매화

얼마나 기다렸던가
인고의 속살을 찢고 나온 매화여
쏟아지는 햇살 한 모금에
너울너울 춤추는 너를 만났고나

꽃을 보기 전에
혹한의 기다림을 보지 못했다면
삶이 화려하다 눈부시다
말하지 말아 다오

겨울 지나 봄이 오는 땅 속에서
뒤척이며 뒤척이며
웅크린 시간 위로 홀로 나와
향기로운 날이 되었고나

목숨은 한 호흡에서 피고 지고
오가는 바람에 흩날리는 매화 한 송이
오랫동안 꽃잎을 들고서
돌아갈 줄 모르고 바라보는 눈부심이여

제 4부

봄이 오면
나 그냥 훌쩍 떠나
어느 간이역에 내리고 싶다
벚꽃 흩날릴 때
한없이 사랑하는 이에게
엽서를 쓰고 싶다

'봄날' 에서

잔고

햇살 한 줌 넣어
잔고를 채울 수 있다면
달랑거리는 하루는 슬프지 않으리라

찬바람 부는 적막한 아침
개가 등 핥듯이
나를 핥으며 지나가는데
놀이터 그네 위
밤새 서러운 마음은 마른 잎처럼
불안하게 그네를 탄다

조금만 더 가면
삶의 허기도 채우리라
눈을 감고
힘겨운 신음도 감추고 사는
사랑하는 첫사랑에게
손톱 밑 까만 슬픔도 잊고 살자
붉은 가슴 청년의 연서
햇살도 동봉하여
이른 새벽에 보냅니다

강물 한 줄기 끌어다
내 잔고를 채울 수 있다면
울먹이는 목숨 견딜 수 있으리라

세탁소

꽃이 피는 시간에
파도가 밀려오고 있다

밀려온 파도 하나를 집어
검은 속 뒤집으니
사람들의 비늘이 하나둘 떨어진다

눈 내리던 날 그녀의 사랑은 뒤집어지고
눈 내리던 날 그녀의 이별도 뒤집어진다

또 밀려온 겨울을 집으니
무거운 삶에 축 늘어져 있던 어깨
오그라든 아버지의 비애가 툭 하고 떨어진다

그가 그 비애를 하얗게 빨아 널어
우리들의 슬픔까지 말리고 있다
우리들의 겨울을 착실하게 말리고 있다

붉은 꽃 지는 날
그는 잘 다려진 어둠에 앉아
겨울을 다 걸어놓고 봄으로 걸어가고 있어라

봄날

봄이 오면
나 그냥 훌쩍 떠나
어느 간이역에 내리고 싶다
벚꽃 흩날릴 때
한없이 사랑하는 이에게
엽서를 쓰고 싶다

목련이 환장하다
그대 생각에

시월

시월이 오니
풀벌레소리가 깊다
가슴으로
살로
파고드는 그리움에 뒤척이다
문 열고
어둠에 앉아
별 하나 바라본다

별은
언제나
그 자리에서 빛나고

가을은 잘도 익어가는데
어디쯤인가 그대여

팔순의 여름

팔순의 여름 그 폭염 속에서
집 떠난 자식 걱정

덥냐, 더우면 쉬엄쉬엄 일하거라

자식이 흘린 땀
부채질로 식혀주시는 말
그 말씀 한여름 시원한 아이스크림 같아
마음의 광주리에 담아
아끼면서 천천히 먹어봅니다

팔순의 오후가
해가림 짙은 그늘을 드리울 때
나는 그 그늘 속에서
매미처럼 울며

덥냐, 더우면 쉬엄쉬엄 살아가자

폭염에 갇혀 땀흘리는 아들에게 전합니다
당신의 사랑을 듬뿍 담아서

외양간 허물기

방을 단다고 형이 외양간을 허물 때 가족사 같은 살림
살이들이 나왔다고 솥단지 써레와 떡가래 돗자리와
베틀이, 모내기하던 때가 엊그제 같은데 오래된 기억
은 다알리아처럼 붉게 피었다고 식구의 안식을 위해
왕부들로 돗자리 매시던 할아버지의 잔기침 소리도
들려왔다고 할머니는 긴 겨울 등잔불 벗 삼아 삼을 꼬
고 계시던 모습이 삼삼한데 다 지나간 눈물 같다고 솥
단지를 가래나무 밑으로 옮길 때 유년들이 다소곳하
게 걸어왔다고 달 아래서 한 잔 술 마시며 하는 이야
기를 한여름 뽕나무 그늘 아래서 듣습니다 문득 허물
어야 오래된 기억들이 살아올까 그 옛날 멀리 떠난 어
린 시절 소들의 울음소리도 들려왔습니다

*다알리아: 달리아(국화과의 여러해살이풀)의 잘못

그릇 앞에서

손맛이 나는 식당에서
그리운 사람들이 수저질을 한다

말은 나박김치 속에서 익고
못다한 이야기들

물김치 속에다 버무려
한 숟갈 떠먹다 보면 안다

기다렸던 사람들이
얼마나 정갈한 사랑인가를

꽁꽁 싸매 온 정을
빈 그릇이 될 때까지 풀다 보면 안다

그리웠던 사람들이
얼마나 눈물겨운 꽃인가를

낮술

순댓국집에서
나도 그도 홀로다

조용히 건네는 술 그가 마시고
말없이 따르는 술 나도 마시고

외로움을 잔에 띄워 마시고
넉넉한 슬픔도 휘휘 저어 마셨다

순댓국 속에
걸쭉한 비애가 떠 있는 오후
나도 그도 안다

말없이 건네는 술잔 속에 따스함이 있다는 것을

은행나무도 홀로 서 있다
플라타너스도 홀로 버티고 있다
느티나무도 홀로 살아간다

우리는 말없이 걸었다
나무들이 서로 드리운 그늘 속으로

아버지의 무릎

산등성이에서 바라보는 마을
길이 끝나는 곳에
등불을 들고 서 있는 사랑이여

늘 외길로 달려갑니다

가쁜 숨 내려놓고
등불 아래서 무릎 베고
이제는 긴 잠을 자고 싶습니다

홍성장날

-김형창에게

홍성장터 서성이다가
구수한 말 튀어나오는 술집에 앉아
노을을 벗삼아 한 잔 한다고

흘러간 추억을 가져와
젓가락으로 집고 바라보다가
꼭꼭 씹어보게나

눈물 같은 첫사랑도
웃음 같은 난장의 세월도
다 단물이 되어 목 넘어가겠지

벗이여 홍성장터 선술집에서
곁에 없는 그리움을 위해
빈 잔 하나 놓아두고 취하려무나

누이

홀로 사는 누이는 섬에서 산다
우도에서 거품을 따라 내고
목청 크게 웃는다
남편은 벌써 꽃나무가 되어
몇 번의 봄을 보내도
먼 길은 아직도 겨울인가 보다
외로움을 부어 한 잔 마시고
떠나간 사랑의 힘으로 아이를 키우며 산다
누이는 내 누이는
손님이 떠나간 빈 의자에 앉아
설움 쌓인 밤을 만지며 음악을 듣는다
섬과 섬 사이에 고래는 없는데
고래고래 소리 지르는 바다를 끼고
오늘도 사랑하는 누이는
우산 아파트 그림자를 홀로 덮고
섬에 남아 새끼들을 위해
오는 봄만 마냥 기다릴 뿐이다

봄이 시동걸다

백미러 뒤로 밀려가는 하루
달리다 시동을 끄고 만나는 봄날의 오후
붉은 향기가 몸으로 스며드누나

마음은 살구꽃 속에 숨고
수건 동여맨 아낙은 봄을 캔다
콧노래는 바구니에 쌓여 가득하여라

다산의 뜰에 앉아
흩날리는 꽃잎들을 바라보다
꼭꼭 씹는 봄은 한없이 달디달구나

나 돌아갈 길 잃었네
노을에 젖은 송아지 울음소리 듣다가
살구꽃에 덮이다가 그만

사랑

천금보다 귀한 말
사랑한다 그 말이

파뿌리로 검다가 희면서 푸르구나

한세월 울음 흘려도
내 님은 오직 그대

동지(冬至)에 갇혀

며칠 내내 단조롭다
무미의 하루를 꼭꼭 씹는다
밥 한 술 뜨고 또 뜨고
물 한 모금 마시고 또 마시고
들창을 열었다, 또 닫고
서산의 해는 솔바람에 쓰러진다
컹컹 개 짖는 소리에
놀란 밤은 살금살금 오는데
시계추만 흔들리는 빈방
벽지를 고양이 발톱처럼 긁다가
무 한 조각 베먹고
채근담을 또 읽다가 잠든다

먼 마을

서봉서원에서 바라보는 먼 마을
낮에는 아득했는데
밤에는 불빛으로 남아 있어라
어둠 속에서 열린 귀로
소식을 전하는 풀벌레소리 들어라
글 읽는 소리 멎은 밤
외로움을 덮고 외등처럼 뒤척일 때
먼 마을을 바라보는 일
멀어서 더 가고픈 사랑이 있다고
멀어서 더 그리운 이에게
여름을 흔드는 노래를 담아 보내렵니다
아직도 가까운 임에게
달려가는 마음이 잠들지 못하고
날 밝으면 다시 가겠노라고

만남의 詩 1

-황금찬 시인

계사년 말복에
가슴으로 듣는 시학 강의
나뭇잎 한 장도
당신의 손에서 시가 됩니다

탕 한 그릇
다 비우고 웃으신다
하늘을 흔드는 매미소리에
귀를 열고 계신다

북한산 골짜기에서
불에도 타지 않는 바람처럼
살아가시는 시인 곁에서
노을을 뜯어 먹는 날

소도 나도
다 잃어버리고
망아로 사시는 당신께서
우이교를 넘어갑니다

만남의 詩 2
-이생진 시인

흰쌀처럼 순한 눈으로
새벽바다를 안고 사시다가
곰삭은 젓갈에도 해삼 한 토막에도
넉넉하고 배부르다
동백꽃 핀 섬을 베고 누워
섬은 다 집이다
소주 한 잔 들어 바다와 대작하며
밤바다에 달이 뜨면 족하다
한잠 위로 파도소리 이불이 되고
비린한 생 내려놓고
바다와 살 섞고 뒹굴다
눈 감아도 보인다는 섬, 섬, 섬
오늘도 인사동 시가연에서
쌀밥 같은 시 넉넉히 퍼주시며
든든하게 먹고 세상으로 걸어가거라
바다를 품고 하루라도 누워라
이어도 사나
이어도 사나
철썩거리는 파도처럼 낭송하시다
고흐와 손잡고 걸어가시는 당신은
우리의 마파람입니다

밥상

밥상을 바라볼 때
도마소리가 잘 익어 있는 듯
밥 한 술을 떠먹을 때
들바람에 춤추며 익어간 시간이 보이는 듯
나박김치 떠먹을 때
밭고랑 위에 내려앉은 달빛도 먹습니다
밥상을 바라볼 때
어머니의 손맛에 회가 돋고
국 한 술에 속이 풀려
세상 길 환하다, 걸어갈 듯
버무려진 사랑 한 입 가득 넣어
한 그릇 뚝딱하면
어머니의 웃음은 그릇을 만지며
응원가로 건너옵니다

콩국수

불린 콩 삶아
맷돌에 갈아 내리면
다 저녁은 참으로 구수했지

두건 두른 어머니께서
부지깽이로 아궁이의 불씨 흔들면
군침은 설설 끓어 넘쳤지

식구들 두레소반에 앉아
잘 삶은 사랑 한 숟가락 퍼 먹으면
쑥향의 밤은 깊어만 갔었지

장독대에 내려온 별들이
평상에 누운 행복 토닥이다 잠들 때
찬이슬 덮어도 좋았던 그날이여

봄비

비가 촐촐히 내리는 밤
음악을 끼고
한 잔의 술로 봄을 다 마시면
엊그제 진 벚꽃도 잊으련만
끝나지 않은 하루

휴일에도 일하는 일터
내 목소리는 말라만 갑니다
나가면 마른 가슴
빗물에 젖어 나도 꽃이 될텐데

시든 마음은
비에 다 젖어 푸른 잎이 되고파 울고
어둠을 깔고 앉아 빈젖이라도
만져보고 싶은 날

애비야
아직도 일하냐
늙은 목소리는 비에 젖어
촉촉합니다
가만히 봄비 속에서 듣는
엄마 목소리

담쟁이

손 맞잡고 오르는 힘
남에서 북으로
봄날 도보다리에서 꽃 피운 힘으로
이 가을 열매는 더 붉게 익어
우리의 뜨거운 소망처럼 눈부셔라
담쟁이는 말하는 듯
단절의 벽을 타고 올라간다
손에 손을 맞잡고 온힘으로 올라간다
총칼을 밭에 던지면 녹이 슬고
녹슨 고철 다 녹여
풀무질하면 괭이요 낫이 된다고
담쟁이가 말하는 듯
그 곁에서 가만히 듣는 우리는
남북이 하나가 되어
묵은 슬픔 털어내자고 포옹한다
담쟁이도 춤춘다
바람은 희망처럼 불어오고
하늘은 박수처럼 햇살을 쏟아낸다

그릇 이야기

귀뚜라미가 우는 밤
아내는 자질구레한 애착의 세월
식구와 함께 한 그릇들
찬찬히 정리하여 문 밖에 내어놓는다

차곡차곡 쌓아 둔 녹슨 시간
찬장에서 꺼내 더 이상 사랑하지 않는다고
며칠 내내 뒤척이던 마음
앓아누웠던 생각을 끄집어내는가

몇 번이나 옮기다가
백팔번뇌 지고 살아도 한 짐인가
문 밖에 내어놓은 이별을
가을밤 풀벌레소리가 껴안는구나

다짐을 들듯이 몇 번이고
문 밖을 들락거리며 내다버린 인연들
이빨 빠진 대접은
어금니가 빠진 슬픔처럼 아프다

제 5부

오랫동안 쓴 시를 묶어

세상에다 내놓으려다 보니

한밤인데도 잠이 확 달아납니다

사람은 푸른 별에 왜 오는가

생각은 물결인데

이른 봄 매화를 가슴에 품고서

준마보다 둔마가 되어 달리고 싶습니다

'나를 쓰다'에서

겨울나기

삶은 사막을 건너는 낙타다
새우잠 냉골의 윗목에서
고단한 잠을 털면
세상은 함박눈에 젖고
수은주가 차가운 땅으로 내려가면
차갑게 떨어지는 하루가
등 구부리고 흐른다
객지의 눈물 닦으라며
처가에서 보내주신 쌀 두 가마
신주단지처럼 고이 모셔 놓으니
차가운 비애도 견디어 낼 듯
겨울뿌리가 언 땅에서
봄을 기다리며 살듯이
나도 흰 쌀밥 한 그릇으로
눈을 툭툭 털 듯
가난한 울음도 견디리라
찢어진 문풍지로 들어오는 바람은
한겨울 슬픔을 얼게 하여도
나는 눈빛 맑은 아이의 아버지다
묵묵히 낙타를 타고
저 사막을 건너가리라

추석

회귀하는 연어들
힘겹게 간다, 먼 바다에서
산골 그 오목한 강으로

팔딱거리는 오후
앞에는 거센 물결이 흐르는가
가다 멈추고 또 숨 쉬고

숨이 차도 가야할 길
내 유년의 버드나무 뿌리는
얼마나 자랐을까

길 끝 당산나무 아래서
흰 수건 두르고
이마 짚고 서성일 어머니

북지나해 같은 도시에서
보름을 쇠러 알을 품고 돌아가는
저 힘찬 연어들의 몸짓이여

왼발 오른발

왼발 내딛다
그릇될까

오른발 내딛어
그릇될까

바른발 먼저 내딛고
눈길에서도 바른발 먼저 내딛는다

비틀대는 삶
외줄에서도 중심 잡아

한 걸음
두 걸음

왼발 오른발
종종거리며 나아가는 하루

지하철

지하로 흐르는 물처럼
천천히 그리고 빠르게 흘러갑니다
묵묵히 흘러가는 얼굴들
꽃잎 같아 한참을 바라봅니다

서서
앉아서
하루를 들고 가는 사람들
모두 봄을 찾아가는 나비 같습니다

멈추고 내리고
또 멈추고 내리고
종점에 내리는 나는
참 먼 길까지 흘러왔습니다

이제 빛을 찾아
한 계단씩 올라갑니다
길 끝 그리운 사람들 만나기 위해
고기 한 근 새우깡 한 봉지 사 들고 걸어갑니다

사물의 꿈 1
-가방

나에게 너의 서정을 넣어다오

토끼풀 한 잎 넣어도 좋아 물길 따라 온 부드러운 조
약돌을 넣어도 좋아 그리고 가을로 익어 향기로운 사
과 한 알 넣으면 난 향기에 젖어 볼 거야

나에게 너의 슬픔을 넣어다오

그대가 진눈깨비에 젖어 갈 길을 몰라 헤맬 때, 나는
그대의 울음을 넣고 먼 길로 떠날 때도 좋아 너의 울
음을 바다에 놓고 나도 구름처럼 가벼운 몸이 되어 돌
아올 거야

나에게 너의 기쁨을 넣어다오

아이를 위해 산 한 봉지의 과자를 넣어도 좋아 아내에
게 읽어줄 시집 한 권을 넣어도 좋아 그대가 나를 어
깨에 메고 걸어갈 때 너의 콧노래도 담을 거야

사물의 꿈 2

-나무

별과 속삭이던 밀어
아침이 오면 이슬로 영근다
맑고 투명하다

새 한 마리
그대 몸에다 소슬한 집
지어놓고 산다

봄빛과 살 섞은 꽃잎이
몸 풀어 향 맑은 과실이 되어
가을로 건너갈 때

당신 몸에 손을 넣고
가끔 수액으로
하늘로 올라가고 싶다

나무처럼

나무와 나무 사이에
그리움이 싹눈으로 돋아나
뻗어가는 가지 끝
연둣빛 잎들은 눈물이었지

너와 나 사이에
그리움이 뜬눈으로 살아
소쩍새 울음 끝
울대 젖은 핏방울로 떨어지는데

누구나 거리거리에서
애절한 나무처럼 흔들리고 살듯이
그대여 너에게로 건너가는 손끝
그리움의 잎들을 보아라

나무와 나무 사이에
싹눈의 사랑이 피었던 꽃
그 꽃잎으로 다지기 전에 오라
울컥하는 마음을 밟으며

목련

목련이 꾸는 꿈은
사막을 건너가는 낙타의 발걸음에
사각거리는 별들의 울음이 아닐까
모래바람이 불고
너의 긴 잠은
사막을 달구는 햇살을 기다리면서
뒤척이고 뒤척이다
나비가 되어 날아온다
너는 낙타처럼 서러운 혹을 달고
간다, 가녀린 날개로
폭풍도 뚫고서
끝눈으로 보면 하얀 목련이 진다
양팔로 다 안을 수 없는 너는 온몸으로 떠나가는 그리움
문신처럼 박힌 슬픔은
탱자나무 가시에 찔려 피 흘리고
새들도 날지 않는
빈 들판에서 하염없이
온몸에 피가 다 빠져나갈 때까지
직립으로 서 있다

매미소리

맑고 청아한 노래로
오랜 시간 감싸던 허물을 벗고
우화의 소리를 낸다
그대 며칠 동안 절절하게 울다가
등선하려는가 매미여

저 맑고 깊은 소리는
한여름 푸른 느티나무를 흔들고
돌의자에 앉아서
해독할 수 없는 모스부호 같은 소리
귀 기울여 봉인을 풀까

나 허물 벗어 하늘을 본다
이슬 먹고 살아도
즐겁게 노래하듯이 살고파라
땅 속에서 살았어도
기다림의 솟구침을 노래한다고

가을 서정

우와
은행이 주렁주렁하네

다 익은 가을
발아래로 툭 떨어지자

허리 숙인 시간
사랑을 곱게 줍는다

외양간

소울음이 땅에 묻혔다
선한 눈망울도

텅 빈 눈빛 허공에 박아놓고
말없이 담배만 피우며
굽은 등 어둠 속에 밀어 넣었다

된바람 불어와
설운 가슴 파헤치는데
냉골의 삶인데

해가 저물도록
외양간 바라보며 서성거리는 시름을
떨어뜨리지 못하는,

구제역 한겨울
속울음은 통곡처럼 길다

이팝나무 교실에서

오늘은 책을 덮고 물었다
너 이팝나무 보았니?
보릿고개 굶주린 뱃속에서
그렇게 먹고 싶던 이밥
쌀밥같이 곱던 꽃
그 이팝나무를,
봄은 저 멀리 달아나는데
점수에 목숨 거는 입시전쟁
자 오늘만은
김소월의 가는 길도
김유정의 동백꽃도 다 덮어놓고
달아나는 봄날 활짝 핀
이팝나무 보러 나가자
눈을 감고 보아라
이팝나무 뿌리로 올라가는
봄물의 노래를
길 밖에서 길을 찾아가듯이
오늘은 몸속으로
스며드는 꽃향기로 너희를
자유롭게 하려무나

*이밥: '쌀밥'을 뜻하는 경상도 사투리

희망의 밀물

모래톱에 박힌 배 한 척
바다를 바라보는 뱃머리는 꿈꾼다
반드시 밀물이 밀려온다고

기다림으로 출렁이는 꿈이여
닿을 듯 닿지 않아도
가리라, 햇살에 목말라 뒤척여도

훗날 모래밭에서
눈물로 꾼 꿈이 봄의 항구에
닻을 내리고 눈부신 깃발을 펄럭이리라

고덕산

진달래꽃 피는 봄날
고덕산으로
아들의 손을 꼭 잡고 걸었다
아버지
눈만 감으면
새소리가 들려 와요

연둣빛이 깔린 산길로
더 걸어가다가
아들아
너를 통해서
아버지의 꿈도 커간다

땀 흘린 삶으로
단단하게 닫힌 문을 열어라
살다가 힘들 때
눈 감고 들었던 새소리
열쇠처럼 넣어보렴

동묘에서

마음이 나를 끌고 와
동묘역 3번 출구에 내려놓는다
난장을 흔드는 목소리
깃발처럼 펄럭이고
사람들 가던 길 멈추고
사람의 흥성거림을 만지고 있다
낡은 물건들 주인을 잃어버리고
몸속에 간직한 추억들
곱씹으면서 시간을 되감다가
온정이 와 닿으면 가만히 따라간다
흥정 한판에 웃는 인연들이
햇살처럼 따뜻하고
난장의 끝자락에 서서 나는
물결처럼 흘러가는 삶을 바라본다
흥이 살갑게 부딪히는 곳
온몸으로 하루를 살아내는 동묘 사람들
눈물겹도록 정겨운 삶터로다

기도

싸리꽃 칡꽃 도라지꽃
산새소리에 핀다

나비 한 마리가 꽃향기에 입맞춤하면

길을 잃는다
나는 길을 잃어버린다

세상으로 나가는 산길마다
더덕향 그윽하기에

청산에서 살고 싶어라
나비가 꽃잎에 쉬어가듯이

길

-대은 변안열 장군묘에서

대나무가 부러진다, 눈보라 속에서
망국은 매운 슬픔에 젖고
대장부의 웅혼은 그 어디에 놓아야 하는가

충신은 불사이군이라
목숨을 칼날 위에 놓아도
무릎 꿇어서는 안 된다 그 붉은 마음은
영혼의 집 푸른 소나무로 살아나
세상사 사는 법을 일러줍니다

당신의 불굴가*는 이제
살다가 살다가 흐린 강물을 만날 때
가만히 읊조리다 길이 되나니
모습은 뵈올 길 없어도
뚜렷한 글 속에 환한 삶의 길이다
옷깃 여며 만나는 노래입니다

그리움을 향으로 사뢰며
두 손 모아 바라보는 높은 하늘
해는 언제나 눈부신 길로 가고 있습니다

*대은(大隱) 변안열(邊安烈1334~1390)은 자(字)는 충가(忠可), 호(號)는 대은(大隱), 원주변씨(原州邊氏)의 시조(始祖)이시다. 김천택의 「청구영언」 「언락(言樂)」에 전해오는 「불굴가(不屈歌)」가 그의 시가로 밝혀져 그의 고려왕조에 대한 충성심을 엿볼 수 있는 시조 작품이며 그 불굴가의 내용은 다음과 같다.

불굴가(不屈歌)

가슴팍 구멍 뚫어 동아줄로 마주 꿰어
앞뒤로 끌고 당겨 감겨지고 쏠릴망정
임 향한 그 굳은 뜻을 내 뉘라고 굽히랴.

이 「불굴가」는 이방원의 「하여가(何如歌)」에 대한 정몽주의 「단심가(丹心歌)」에 뒤이어 읊은 것으로 무신의 곧은 절개가 절절히 맺혀 있는 충절가라 할 수 있다.

다락방

다락방에서 나는
소월(素月)의 초혼을 처음 만났지요
눈 녹는 봄날
여린 입
사랑니 사이에서
소월(素月)은
마른 땅 풀잎처럼 돋아나
푸르게 살아나고
당신의 노래가 꽃으로 피어날 때
언제나 밥이요
국이었지요
쑥부쟁이 들길에서
불러보았습니다
구름을 한없이 바라보며

세월호

팽목항 앞바다에
세월호에 탄 학생들은
훌륭한 교육의 힘으로 주저앉아
애타게 울다가 잠들었구나
남은 사람은 또
위대한 가르침이라고 말하리라
가만히 앉아 있어
움직이지 마
기다려
목젖도 다 뭉개진 어머니는
오늘도 가물거리는 촛불을 바라보며
울음만 삼키는 바다에 서 있다
이제 우리는
바다 속 무언의 목소리 들으며
물에 젖은 이 땅에서
환해야 할 목숨을 생각하며
다 갚아야 하리라

아타카마사막의 편지

나는 안데스산맥 서쪽
아타카마사막이죠
날마다 마른 혀로 슬퍼했는데
모래폭풍만이 분다고
오아시스를 찾다가 지친 별들도
쉬이 내려앉지 못해
쓸쓸함만이 고요를 닦는 곳이라고
버림받은 유형의 땅이었는데
인류여 고마워요
당신들의 아름다운 파괴가 날 살렸어요
지구의 온난화로, 슈퍼엘니뇨로
나는 절망을 품어도 감추고 싶었는데
늘 속으로 흘리는 눈물의 기도
홀로 삼키고 싶었는데
그대들이 파괴한 아름다운 별에서
슬픔을 환하게 꽃피울 수 있어
고마워요 참으로 고마워요
내가 품은 향기 맡으며 한 컷 찍으세요
나는 언제나 메마른 사막이 되어
가슴에 꽃씨 한가득 품어도

우는 별에다 꽃 피우기 싫어요
나를 찾아온 인류에게
황량한 한 컷으로 남고 싶어요

*추신
아타카마사막이
꽃을 피워준 인류에게 절망을 보냅니다

*아타카마사막: 남아메리카 안데스 산맥 서쪽의 태평양 연안에 있는 사막으로 내셔널
지오그래픽에서 세계에서 가장 메마른 지역으로 발표된 곳이다. 이곳 사막은 약 2000
만년 동안 건조 상태로 유지 되어 왔으나 지구의 온난화로 인해 기후 변화가 심각한 요
즘 슈퍼엘니뇨 현상으로 12시간 동안 무려 7년간에 해당하는 강수량의 비가 쏟아져
때 아닌 분홍빛 꽃밭의 장관이 펼쳐지고 있다.

세탁기

나를 세탁하고 싶다
때 묻은 마음을

빨고 빨아서
온힘으로 탁탁 털어
햇빛 아래 널면

젖은 부끄러움도
뽀송뽀송 말라가겠지
바람에 펄럭이다
하얘지겠지

씻어서 말린 마음으로
오늘을 살고 싶다

나를 쓰다

조간신문 오늘의 운세에
늙은 준마 구유에 있어도 뜻은 천 리를 달린다고
한겨울 내내 산고의 진통일지는 몰라도
오랫동안 쓴 시를 묶어
세상에다 내놓으려다 보니
한밤인데도 잠이 확 달아납니다
사람은 푸른 별에 왜 오는가
생각은 물결인데
이른 봄 매화를 가슴에 품고서
준마보다 둔마가 되어 달리고 싶습니다
꽃샘추위 불어오는 날
난장에 앉아 계실 어머니
수북하게 쌓인 엄마 생각도 꽁꽁 묶어
세상에다 새벽편지처럼 보냅니다
나를 세상에 내놓으려다
어제 수업한 다산의 수오재기로
풀어진 나를 매만지다
부끄러움에 얼굴이 붉어질 뿐입니다

원체험에서 솟은 언어들이 펼치는
진솔하고 구체적인 서정

이경철(문학평론가 · 전 중앙일보 문화부장)

"말이 나를 감싸는 시간 / 한 세월 잘 살았다 / 혼잣말
툭 내뱉는데 달이 보인다 // 뛰어간 청춘은 돌아오지 않
고 / 뒹굴다 놓아버린 시간은 단풍으로 물드는데 // 이
제 보인다, 환한 달 아래서 / 뛰어도 뒹굴어도/다 바람
속에서 놀다 가는 것을"   – 「뒹굴다」 전문

■ 정갈한 언어와 서정, 꾸밈없는 경건한 시편들

김태경 시인의 이번 처녀시집 『별을 안은 사랑』에 흐르
는 전체적인 기조는 시의 형태도, 시를 쓰는 마음도 참 정
갈하다는 것이다. 오늘을 살아가는 우리 민족의 착하고 그
윽한 심성 그 밑바탕이 꾸밈없이, 경건하게 드러나 있어 숙
연했다.

이번 시집의 시 편편에는 어머니 치맛자락을 놓기 전 우주만물과 함께 어우러지던 원체험이 실하게 들어 있다. 한 지붕 한 밥상에서 같이 산 가족들의 체취가 민속처럼, 설화처럼 들어붙어 있다. 그런 체험들이 풍류도나 선비정신, 그리고 불교 등 우리네 전통정신 혹은 종교와 하나로 섞이며 정갈한 언어와 서정을 낳고 있다.

자아의 정체성을 잃고 타자(他者)가 시를 쓰는, 현실이 아니라 가상현실이 장황하고 난삽하게 쓰는 원체험 없는 아스팔트 도시 세대의 시와 이 시집은 근본이 다르다. 성장해 현대사회에 편입돼 살다보니 이제는 헤어진 너와 내가 다시 근본으로 돌아가 하나 되기를 바라는 경건한 기도 같은 언어, 시편들이기에 경건하다.

이 글을 읽기 전 편견없이 먼저 감상해보시라. 맨 위에 올린 시 「뒹굴다」를 보시라. "다 바람 속에 놀다가는 것을"이란 시인의 도저한 풍류(風流)를 보시라. 유교나 불교 등이 전래되기 전, 저 단군에서부터 우리나라에 전해 내려오고 있는 오묘한 도(道)가 풍류다. 바람처럼 물처럼 흐르며 만물을 낳고 키우고 어우러져 놀다 다시 그런 자연으로 돌아가는 게 풍류고 우주순환의 도다.

「뒹굴다」에서 시인은 "한 세월 잘 살았다"며 살아본 체험으로 풍류를 내세우고 있지 않은가. 아주 자연스레 툭 내뱉는 말로. 자신의 체험에 의해 툭 불거져 나와 시인의 온몸과 마음을 감싸는 말. 그런 말은 말과 의미, 그 지시 대상과 떨어져 겉돌지 않는다. 말이 실재, 존재 그 자체가 되어 경건하고 믿음직스럽다. 그런 말들로 정갈하게 행과 연을 나누며 삶의 진심과 진실, 그 끝 간 데 없는 깊이를 드러내고 있는 게 이번 시집 『별을 안은 사랑』이다.

■ 가족 간의 살가운 삶에서 우러난 뿌리 깊고 정감 있는 모어(母語)

　　"나물 뜯는 소리에 / 놀란 얼레지꽃 // 환갑을 넘었어도
　　꽃이 좋아라 / 만지작거리는 어머니 // 봄을 뜯어 / 한가
　　득 나물바구니에 담는다 // 연분홍 얼레지꽃처럼 / 어머
　　니의 삶도 그렇게 핀다고 // 호젓이 산길 내려오다 / 살
　　그머니 손을 잡노라면 // 나물 같은 삶 / 붉게 물든 어머
　　니의 오후"　　　　　　　　　　　　 －「얼레지꽃」 전문

　이른 봄에 피어 봄의 전령사인 얼레지꽃. 이파리는 따서 귀한 나물로 데쳐먹는 얼레지에 어머니가 겹쳐지고 있는 시다. 이런저런 세상 살아냈을 중년의 시인이 환갑이 넘은 어머니의 지난 삶과 지금의 삶을 얼레지꽃에 비춰보고 있는 것이다.

　"달빛을 옷깃에 묻은 채로 / 침침한 세월만 밟고 돌아오

시는 / 나의 젖줄, 당신은 // 한 평생 좌판에 앉아 / 산나
물로 살아온 나의 뿌리입니다"

「어머니의 삶」에서 드러나듯 어머니는 평생 나물을 뜯
어 팔며 살아왔다. 그런 어머니가 환갑진갑 다 지난 황혼
녘에 아들에게 얼레지꽃으로 비친 것이리라.

아니, 얼레지꽃을 만지는 어머니의 광경이 어머니의 삶과
정서의 뿌리까지 비추게 한 것이다. 이렇게 시인이 지금 이
곳서 바라보는 풍경에는 어릴 때 함께한 가족사의 뿌리까지
원체험으로 현상되어 있다.

방을 단다고 형이 외양간을 허물 때 가족사 같은 살림
살이들이 나왔다고 솥단지 써레와 떡가래 돗자리와 베
틀이, 모내기하던 때가 엊그제 같은데 오래 된 기억은
다알리아처럼 붉게 피었다고 식구의 안식을 위해 왕부
들로 돗자리 매시던 할아버지의 잔기침 소리도 들려왔
다고 할머니는 긴 겨울 등잔불 벗 삼아 삼을 꼬고 계시
던 모습이 삼삼한데 다 지나간 눈물 같다고 솥단지를
가래나무 밑으로 옮길 때 유년들이 다소곳하게 걸어왔
다고 달 아래서 한 잔 술 마시며 하는 이야기를 한여름
뽕나무 그늘 아래서 듣습니다 문득 허물어야 오래된 기
억들이 살아올까 그 옛날 멀리 떠난 어린 시절 소들의
울음소리도 들려왔습니다   ―「외양간 허물기」 전문

옛날 고향에서 살던 기억들을 단정하게 떠올리고 있는 산문시 「외양간 허물기」 전문이다. 오래된 고향집 외양간을 허물어 새 방을 들이고 있는 형의 말을 그대로 오늘에 전하고 있어 세월의 단절감 없이 실감이 난다. 오래된 기억들이 지금 막 피어오르는 다알리아꽃처럼 붉고, 어린 시절 멀리 떠나온 고향의 소 울음소리마저 시 속에서 들려오고 있다.

이처럼 시 편편들에는 시인이 살았던 옛날이 오늘과 함께하고 있다. 아버지, 어머니, 할머니, 할아버지의 삶과 정서가 생생하게 묻어나고 있다. 어린 시절이나 향수에 젖은 거개의 시편들이 감상이나 관념으로 흐르는 고리타분함이 있는데 반해 김태경 시인의 시편에는 그런 원체험이 오늘에 생생하게, 구체적으로 이어지고 있다.

"산에는 왜 올라가나요 / 아래를 내려다보기 때문이란
다 / 내려갈 때 무얼 만나나요 // 앉은뱅이꽃 / 흐르는
물소리지"   −「아버지」 전문

짧지만 울림이 크고 깊은 「아버지」 전문이다. 제목으로 보아 아버지와 시인이 나눴을 대화는 어릴 적 대화일 수도 오늘의 시점서 나눈 대화일 수도 있다. 그러나 그런 것은 상관없다. 세상과 시간에 변할 수 없는 도를 대화는 드러내

고 있으니. 우리네 풍류가 아주 자연스레 전해지고 있지 않은가.

"딸아이는 어떻게 살았을까 / 종일 서성거리는 마음 / 까만 재 같은데 / 그 옛날에 아버지도 이런 마음이었을까 / 뒤늦게 전화를 드립니다"
—「아버지의 마음」 전문

이 시의 구절에도 드러나듯 자식에 대한 마음이 어디 변할 리 있겠는가. 그런 변치 않는, 살가운 마음으로 가족들을 둘러보는 시편들이 이번 시집에는 눈에 많이 띈다.

"사랑을 먼저 떠나보내고 / 막막한 한숨 바람에 실어 보내고 / 먼 바다가 그리운 홍제동 누이/섬으로 가는 길 우도라는 / 가게를 열고 오늘도 / 이생진 시인의 시를 암송하며 / 호프를 팔고 있다 / 닭발을 먹으며 웃는 사람들 속으로 / 오가는 누이는 가끔씩/바람처럼 왔다간 사랑이 / 쉬었다 가는지 / 문 밖에 놓인 빈 의자를 바라본다 / 오래된 이별은 더 깊은 사랑이 되었는가 / 자정이 넘도록 불을 켜놓고 / 오라버니 왔다고 / 좋아라 웃는 누이여"
—「홍제동 누이」 전문

남편을 잃고 홀로돼 호프집을 차려놓고 있는 누이를 그린 시다. 누이의 삶을 그대로 그리면서도 간간이 "바람처럼 왔다간 사랑이 / 쉬었다 가는지", "오래된 이별은 더 깊은 사랑이 되었는가"처럼 누이와 시인 간의 깊은 속내를 서정화하며 깊은 정을 나누고 있다.

"저승으로 가는 / 문고리를 꼭 잡고서 / 온힘으로 / 별 하나, 별 둘을 낳은 아내가 / 희끗한 삶 누이고 / 푸르게 자란 꽃을 안고 잔다 / 곁에 누운 별들도 곤하다 // 가만히 바라보다 / 눈부신 지구에서 자란 목숨들이 / 어찌나 아름다운지 // ……무릎을 꿇는다 / 밤이 옷 벗을 때까지"
                                              ―「별을 안은 사랑」 전문

죽을 힘 다해 출산한 아내가 아기들과 함께 자고 있는 장면을 보고 쓴 시다. 그걸 바라보는 시인의 간절한 마음이 그대로 전해진다. "눈부신 지구에서 자란 목숨들이 / 어찌나 아름다운지"라며 시인의 속에서 자연스레 올라온 진심의 말을 보탠 것이 시가 되게 하고 있다. 그러면서 그 언어들이 곧 진심의 행위 "무릎을 꿇는다"를 보여주며 명실(名實)이 상부한 언어를 낳으며 시를 경건하게 만들고 있다.

"아내가 출근한 아침 / 녹이 쓴 하루를 닦는다 / 한 움

큼 쥔 철수세미로 // 켜켜이 쌓인 슬픔을 닦다보니 / 눅
눅한 삶도 문지르고 문지르면 윤이 나는 것을 / 포개놓
은 어제를 생각하며 운다 // 식구들의 밥공기 바라보며
/ 한가득 사랑을 퍼 담아 먹이고 싶어 / 윤이 나게 아침을
다시 닦아본다 // 해는 중천에서 기울고 / 헝클어진 삶처
럼 뭉친 수세미로 / 미안한 마음 닦고 또 닦으면서 보낸
다 // 오늘 하루도 / 허리띠로 졸라맨 기도로 / 고단을 끌
고 오는 아내를 기다린다"   -「철수세미」 전문

　오늘의 일상이 잘 묻어난 시다. 집에서 설거지를 하면서
매일 이런 일을 해내는 아내와 가장으로서 가족에 대한 의
무와 사랑이 그대로 들여다보인다. "허리띠를 졸라맨 기도"
같이 절실하고 경건한 언어, 부모와 그 너머 조상으로부터
내려와 지금 이 땅에 뿌리박힌 모어(母語), 가족 그 피붙이와
살면서 나온 살가운 언어들이 이렇게 경건하고 믿음 가는
시를 쓰게 하고 있다.

■ 오늘 더 확산, 심화되고 있는 어릴 적 고향 원체험

"산나물에 막걸리 한 잔 / 오대산 벗을 삼아 / 솔바람에
묻혀서 살리라 // 복사나무 두 그루 심어놓고 / 꽃 피는
봄날 / 새소리에 한잠 자리라 // 나 이제 돌아가리라 / 도

라지꽃 산나리 핀 언덕 아래 / 흙담집 풋풋한 곳으로 //
어느 날 그리움이 찾아오면 / 산머루처럼 익힌 기다림을
부어주며 / 장닭 긴 울음에 배 두드리며 맞으리라"

─「귀거래사」 전문

제목이나 "나 이제 돌아가리라"라는 시 구절은 물론 자신
이 난 곳으로 돌아가고픈 귀소본능, 혹은 회귀 의지에서 동
양 최고 명편에 꼽히는 도연명의 「귀거래사(歸去來辭)」를 차
용한 시다. 예나 지금이나 시의 수준이나 시심에 무슨 발
전이나 차이가 있겠는가마는 고전을 차용한 시는 겉멋이나
흉내에 빠지게 십상이다.

　그러나 위 시는 간절함의 진정성이 묻어난다. "산머루처럼
익힌 기다림"에서 보이듯 현대문명 속에 살면서도 다시 유
년, 그 근심걱정 없던 때로 돌아가고픈 간절함이 이리 절절
히 이미지화되고 있지 않은가. 그것은 다 어릴 적 고향에서
의 원체험에서 간절히 비롯된 것이다.

"곧은골(直洞) 그 곧은 힘으로 / 이곳 쉬텃거리에서 / 씨
뿌리고 살다가 가신 조상들처럼 / 우리도 올곧게 세상살
이하다가 / 다시 오월이 돌아오면 / 강으로 돌아오는 연
어와 같이 / 알을 품고 만나야 한다"

「휴곡동」의 이 부분에서 보듯 시제 때 조상의 묘를 둘러 보려 각지에서 모인 후손들. 그리함으로써 후손들은 세상 을 올곧고 뿌리 깊게 살아갈 힘을 얻듯 시인에게 고향에서 의 원체험은 오늘을 경건히 살아낼 힘의 원천이 되고 있는 것이다.

그런 고향에서의 원체험은 이 시집의 시편들을 단순한 회 고조나 현실 도피처로 빠지지 않게 한다.

> "노동의 하루를 접고 / 잠꼬대 없는 잠을 자고 싶다 / 저 녁이 오면 / 허공을 날다 돌아오는 새처럼 / 늘 가볍게 돌아가고 싶다"

「저녁이 오면」 이 부분에서와 같이 하루를 살아갈 노동을 즐겁게 하게 하며 또 근심걱정 없는 편안한 잠을 자게 한다.

현실에 다치고 지친 잠꼬대로서의 귀거래사가 아니라 우 주적 도, 우리네 한 생애의 귀결로서의 당연하고 진정한 귀 거래사가 되게 한다. 마치 허공을 날다 해 저물면 숲속 자기 네 둥지로 돌아가는 새들처럼 말이다.

> "회귀하는 연어들 / 힘겹게 간다, 먼 바다에서 / 산골 그 오목한 강으로 // 팔딱거리는 오후 / 앞에는 거센 물결 이 흐르는가 / 가다 멈추고 또 숨 쉬고 // 숨이 차도 가

야할 길 / 내 유년의 버드나무 뿌리는 / 얼마나 자랐을
까 // 길 끝 당산나무 아래서 / 흰 수건 두르고 / 이마 짚
고 서성일 어머니 // 북지나해 같은 도시에서 / 보름을
쇠러 알을 품고 돌아가는 / 저 힘찬 연어들의 몸짓이여"

—「추석」 전문

우리도 추석 등 명절이면 도로를 주차장 방불케 꽉 메울
정도로 고향으로 기어코 가곤 한다. 그런 우리네와 저 북지
나해 난바다까지 나갔다가 알에서 태어난 모천으로 거슬러
오르는 연어를 한통속으로 보고 있는 시다.

강을 거슬러 오르는 연어를 보며 시인은 거의 무의식적으
로 "내 유년의 버드나무 뿌리는 / 얼마나 자랐을까"라고 묻
고 있다. 물, 불, 공기, 흙 등 4원소에 대한 상상력과 이미
지를 시적으로 분석한 프랑스 현대 철학자요 문예현상학자
인 가스통 바슐라르에 따르면 우리 기억의 원천으로 거슬러
오르면 그 끝엔 항상 물이 자리 잡고 있다.

푸른 버드나무를 낭창낭창 드리운 고요한 호수가 어머니
의 양수 속같이 자리 잡고 있다. 그런 먼먼 기억의 원천, 고
향을 찾아 명절이면 사람들도 고향으로 돌아가는 것이다.
그곳, 울긋불긋 꽃대궐에서 세계와 하나 되어 놀던 유년시
절의 원체험을 오늘에 힘차게 되살기 위해서.

"눈보라가 치는 날 / 작은 불씨 하나가 삶을 데워주고 /
구들장 아랫목에 누운 겨울 / 순한 소처럼 쓰다듬는다 /
너는 언제나 다소곳이 / 밀어를 숨긴 채 / 뜨거운 소멸
을 꿈꾸고 있는데 / 나에게 물어본다 / 저 성냥처럼 얼
마나 깊은 다비식을 / 꿈꾸며 살아가고 있냐고"
                                        ―「성냥」전문

　세상을 덥혀주고 밝혀주려 타오르다 소멸해가는 성냥을
불교의 소신공양(燒身供養), 혹은 다비식처럼 보고 있는 시
다. 아니 어릴 적 고향 눈보라 치는 한겨울 추위를 녹여주던
작은 불씨 하나의 원체험이 소신공양하며 살아갈 오늘의 공
덕, 힘을 주게 하고 있다. 이처럼 시인의 원체험은 과거의
지난 것이 아니라 오늘도 꺼지지 않고 활활 타오르며 일상
과 세계를 선하게 살아갈 기제로 작용하고 있다.

"참나무 사이 쑥부쟁이 환한데 / 오래된 조상의 뼈들이
/ 꽃이 되어 흔들리고 / 할아버지는 청청한 소나무가 되
어 / 시퍼런 솔잎으로 / 하늘을 만지고 있는 그 자리 /
등뼈 휜 삶을 묻을 거라며 / 말없이 아버지께서 / 오래
된 봉분만 바라보고 계십니다"　　　―「그 자리」부분

　조상들과 할아버지가 묻히고 아버지가 묻힐 선산의 풍경

과 심정을 그린 이 대목도 시인의 원체험에서 나온 것이다. "조상들의 뼈들이 / 꽃이 되어 흔들리고"라고 말한 것도, "할아버지는 청청한 소나무가 되어 / 시퍼런 솔잎으로 / 하늘을 만지고 있는" 것으로 본 것도 다 만물과 어우러지다 자연과 한 몸으로 돌아간다는 원체험, 우리네 풍류도에서 나온 것이다.

> "붉은 작약꽃이 필 때 / 돌에 고인 한 모금 기쁨을 마셔
> 보라 / 천 년의 시간이 흘러가도 / 오롯하게 서서 기도
> 하는 전나무에 / 흰 구름 걸렸거든 / 그대여 또 한 잔 마
> 셔 보라 / 속기를 씻어주는 물로 / 환하게 열린 길을 만
> 나리라 / 방아다리 전나무 숲 그늘에 앉아 / 고라니가
> 풀을 뜯을 때 적막을 씹는 산토끼를 보라 / 산다는 일도
> 하루를 놓아 얻으리라 / 작약꽃에서 잠든 벌과 나비 /
> 단잠의 뒤척임이 / 다 도원의 삶이라고"
>
>   ―「방아다리 약수」 전문

무릉도원, 신선세계의 삶을 그리고 있는 시다. 우리네 풍류도와 신선사상, 그리고 도교는 바람과 물과 자연과 꾸밈없이 어우러지는 '무위자연(無爲自然)'에서 한 뿌리다. "산다는 일도 하루를 놓아 얻으리라"란 무위자연의 삶과 시 곳곳에서 한 모금 샘물로 자연과 더불어 살아가는 허정한 삶

이 배어있지 않은가. 어릴 적 고향, 전원에서의 그런 원체험이 시인의 시편들을 자연스레 종교적 경지를 넘나들게 하고 있다.

■ 일상의 삶을 종교적 경지로까지 나가게 하는 원 체험

"한 끼니 때우기 위해 먹는다고 // 가만히 국수를 바라보다 / 나는 불경스럽다 // 청밀은 겨우내 얼었다가 춘설 털고 일어나 춤추는 오월에 익어가고 농부의 발자국소리에 여물었나니 반죽에 들어간 사랑은 천만 근인데 // 몸을 곧추세우고 나는 / 외경의 마음으로 젓가락질 한다 // 다 비운 그릇 위에 / 든든한 한낮이 눈부시다"

　　　　　　　　　　　　　　　　　　　－「국수」 전문

우리는 일상에서 한 끼를 대충 때우려, 혹은 간식거리로 국수를 먹는다. 그렇게 국수는 밥보다는 정식으로서 대접을 못 받는다. 그러나 시인은 어릴 때 한겨울을 잘 견뎌내다 봄눈 속에서 파릇파릇 일어나던 청밀을 보았다. 그리고 밀밭을 일구는 농부의 바

쁜 손길 발길과 수확한 밀을 찧고 반죽해 국수를 만들던 노고도 안다.

그런 시인에게 국수는 함부로 대할 음식이 아니다. 해서 두렵고 공경스런 마음으로 국수 그릇을 비운다. 마지막 "다 비운 그릇 위에 / 든든한 한낮이 눈부시다"는 대목에선 밥 한 톨 남김없이 깨끗이 비우는 승려들의 발우공양 불도(佛道)가 아주 자연스레 드러나기도 한다.

"일 년 내내 감아 빗던 / 머리카락 모아서 / 잡귀신 물러 가라 태우시던 할머니 / 그믐날 / 흰옷 입고서 / 사분사 분 걸어오시고 // 동장군 몰아쳐서 / 낡은 꿈 깨어지더 라도 / 눈이 녹는 봄날로 / 새날의 푸른 꿈들이 / 모락모 락 피어나는 길로 가야지 // 켜켜이 쌓인 후회는 / 눈보 라에 젖고, / 섣달 그믐밤 반추의 시간 속에서 / 피나게 손가락 깨물어보며 / 그날의 할머니를 떠올려 봅니다"

-「섣달 그믐날」 전문

새해 새봄을 정갈하게 맞이하기 위한 섣달 그믐날의 세시 풍속을 어릴 적 본 할머니의 행위와 이야기를 통해 드러내 고 있는 시다. 자연과 어울려 살던 우리 민족 농촌공동체의 정갈한 마음들이 빚어낸 행위가 세시풍속이 아니겠는가. 그런 공동체를 원체험 한 시인에게 그런 정갈하고 공경스런 마음은 여전히 살아 있어 오늘의 삶을 반추케 하고 바른 길로 나가게 하는 종교와 같은 구실을 하고 있다.

"겸손하게 옷을 벗는다 / 알몸은 태초의 뜻이었다고 // 지나간 한여름 푸름을 잊고 / 무상의 흐름 온몸으로 보여주며 / 허허롭게 서 있는 나무여 // 관목 사이로 / 흐르는 바람처럼 왔다가 / 땅으로 돌아가는 살점의 잎들 // 나무는 저 나무는 / 별빛을 베개 삼아 누웠다가 / 돌아올 봄날 꿈꾸면서 이 가을에 // 겸손하게 옷을 벗는다 / 알몸은 태초의 뜻이었다고"   ─「나목」 전문

가을날 우수수 낙엽을 떨어뜨리며 알몸으로 가는 나무에서 태초의 뜻, 신의 말씀을 듣고 보고 있는 시다. 치장한 것을 다 버리고 본연의 자세로 선 나목에서 허허로운 무상의 흐름도 보아내고 있는 시다. 이처럼 원체험은 자연에서 순리를 깨닫게 한다. 원체험 없는 요즘 젊은 시인들이 자아의 정체성을 잃고 파탄 난 내면을 드러내는 파토스로서의 자연이 아니라 우주적 질서와 하나 되고픈 코스모스로서의 자연을 보고 느끼고 깨닫고 살게 하고 있다.

"아홉에 하나 더하여 / 일원상 같은 달 허공에 놓아 // 사랑의 길도 / 자비의 길도 // 어긋난 길이 아니라 하나

의 길임을, // 손수레 끌며 폐지 줍는 손에서 / 가난한
여인이 힘 다해 켜 놓은 등불 앞에서 / 빈 주머니에 찰
랑거리는 눈물 꽉 움켜진 사내의 손에서 // 기도의 길이
저마다 다르지 아니함을, // 함박눈 내리는 허공에서 /
풍경소리와 성당 종소리가 만나네 / 둘이 아닌 하나의
소리로"   —「송림정사」 전문

근래 들어 크리스마스면 성탄을 축하하기 위해 절에서도
종을 쳐준다. 종교 간의 오랜 반목을 불식시키고 기독교의
사랑과 불교의 자비가 하나임을 보여주기 위해. 그러나 원
체험이 있는 시인은 그것을 자연스럽게 깨달았다. 산사의
풍경소리와 성당의 종소리가 같다는 것을 함박눈 내리는 허
공에서 알았다.

가난한 여인이 밝힌 등불 하나가 초파일 절간을 가득 메
운 등불보다 더 값지고 부자의 천금보다 가난한 자가 자선
냄비에 넣는 동전 한 닢이 더 귀하다는 것을 시인은 안다.
왜? 가난한 자의 마음이 더 간절하고 정성스러우니까. 이
렇듯 원체험은 시인을 자연스레 종교적 경지에까지 이르게
하고 있다.

"한탄강에 뿌리박고 / 억년의 세월 / 견고한 외로움으
로 참선하는 바위 / 흐르는 물소리 벗 삼아 / 태초의 침

묵 그대로 / 무욕의 경지에서 쓰다달다 말도 없이 / 묵
언 수행하고 있구나 // 달빛 흐르는 밤에도 / 눈부신 햇
살 아래에서도 / 금강의 자세로 살아가는 선승인가 / 세
속도 아스라하고 / 산새는 흔적도 없이 날아가는데 / 장
삼자락 휘감을 듯 흐르는 물소리로 / 온몸에 금빛처럼
감고서 / 고요의 뿌리까지 적시는구나 // 깃털 같은 시
간도 / 영겁처럼 흐르는 오후 / 청옥 흐르는 물에 / 번뇌
도 하나의 묵은 업장 / 너는 말없는 말을 보내는구나"

–「고석정(孤石亭)」 전문

한탄강에 있는 바위를 보고 쓴 시다. 아니 그 바위를 보
며 명상하면서 시인의 내면으로 들어가고 있는 시다. 그 명
상 속에는 우리 민족의 심성과 합치돼 심화된 불교가 그대
로 드러나고 있다. "무욕의 경지", "묵언 수행", "침묵의 뿌
리", "깃털 같은 시간도 / 영겁처럼 흐르는" 등등 찰나의 직
관으로 언어도단(言語道斷)의 지경에 들려는 참선의 요체가
물 흐르듯 시 전반에 흐르고 있다.

'고석정'은 그런 참선을 수행하는 사찰이 아니라 강산의
풍치와 풍류를 즐기고 읊기 위한 명승지다. 그런 공간을 제
목으로 내세우고 거기에 있는 바위를 바라보면서도 시인은
불교의 요체를 자연스레 읊조리고 있는 것이다. 이렇게 원
체험으로 체험한 풍류도는 시인에게 유불선(儒佛仙)은 물론

기독교 등 자신과 세상을 올바로 이끌려는 모든 종교의 지경을 아우르게 한다.

"연꽃 위로 / 풍경소리가 흐르는 / 피안의 아침. // 너른 뜰 안 / 느티나무는 홀로 청정하다. // 번뇌를 끌면서 달려온 천릿(千里)길 // 비로소 만나는 온화한 미소 / 철조비로자나불 // 천 년 동안 기다려 / 수인(手印)으로 녹여주는 / 공허의 꽃이여"   -「도피안사」 전문

짧게 잘 짜인 서정시다. 철원에 있는 신라 때부터의 사찰 도피안사(到彼岸寺)에 가서 지은 시다. 이 세상 차안(此岸)에서 끌고 간 번뇌를 저 화엄세상인 부처의 세상 피안에 도착해 내려놓고 있다. 비로자나불은 법신(法身)으로 불교의 불법, 진리 자체를 드러내는 부처다.

그런 비로자나불을 모시고 있는 도피안사에서 본 것은 바로 그 부처의 손의 모양, 수인이다. 한 손바닥이 또 다른 손의 손가락을 감싸 안고 있는 손의 형상. 그것은 차안이 곧 피안이고, 중생이 곧 부처라는 것을 뜻한다. 그런 수인을 모든 현상은 공(空)인데 하물며 차별이야 공하고 공하지 않겠느냐는 "공허의 꽃"으로 보고 감탄하고 있는 시다.

"나뭇잎이 애처롭게 떨고 있다 / 외줄 타는 어름산이가

환영처럼 보이는가 / 누이는 죽사리로 휘청거리면서 /
오늘도 한 걸음 더 걸어가는 삶의 끝 // 목소리는 허공
에 박히고 / 기억은 혈관에 막혀 흐르지 못 하는가 / 울
음의 끝 붉은 동백꽃처럼 / 빗물에 파르르 떨고 있는 누
이야 // 오가는 이 미소로 떠나보내고 / 우리는 동춘서
커스단 외줄 이야기로 / 추억의 테이프를 돌리지만 / 숨
이 찬 아픔은 흘러간 시간만 적실뿐이다 // 이제 손끝으
로 만졌던 봄 / 환한 꽃불로 고향 앞산에 불타오르는데
/ 누이야 놓아야만 하는가 / 그래 낡은 옷 벗고 새 옷을
입으려무나"   —「암병동」 전문

'누이에게' 란 부제가 붙은 「암병동」 전문이다. 암으로 사
경을 헤매는 누이를 애틋하게 그리고 있는 이 시를 보며 신
라 때 월명사라는 승려가 지은 향가 「제망매가(祭亡妹歌)」가
지언스레 떠올랐다. 누이를 애틋하게 그리는 간절한 마음
에서.

"그래 낡은 옷 벗고 새 옷을 입으려무나"에서 보듯 마지
막엔 누이와의 죽사리 인연마저 놓아버리고 있다. 생사일
여(生死一如), 삶과 죽음은 매한가지라는 불교관에서. 이렇듯
이젠 우리 민족의 심성, 원형문화처럼 되어버린 불교적 세
계가 원체험을 한 시인의 시편 곳곳에 드러나고도 있다.

이처럼 만물과 격의 없이 어우러지던 시인의 원체험은 유

불선은 물론 기독교 등 인간과 세상, 우주창생을 사랑과 자비로 널리 이롭게 하려는 종교적 경지를 자연스레 넘나들고 있다. 그러면서 이 모든 것은 아우르는 그리움을 살갑게 구체화, 심화시켜가고 있다.

■ 시인의 밝고 따뜻한 연민이 더해진 그리움의 구체성

"나무와 나무 사이에 / 그리움이 싹눈으로 돋아나 / 뻗어가는 가지 끝 / 연둣빛 잎들은 눈물이었지 // 너와 나 사이에 / 그리움이 뜬눈으로 살아 / 소쩍새 울음 끝 / 울대 젖은 핏방울로 떨어지는데 // 누구나 거리거리에서 / 애절한 나무처럼 흔들리고 살듯이 / 그대여 너에게로 건너가는 손끝 / 그리움의 잎들을 보아라 // 나무와 나무 사이에 / 싹눈의 사랑이 피었던 꽃 / 그 꽃잎으로 다 지기 전에 오라 / 울컥하는 마음을 밟으며"

―「나무처럼」 전문

"나무와 나무 사이에", "너와 나 사이에" 그리움을 전하고 있는 시다. 그런 '사이'가 있어 그리움은 나온다. 원래 한 몸이었으나 너와 나로 나뉜 그 사이, 그 틈새 혹은 거리에서 그리움은 나온다. '울컥', 다시 하나 되고픈 마음에서 서정은 나온다.

시는 물론 모든 예술의 핵이 되는 '서정'에 대한 이론은 구구하고 한마디로 정의하기도 힘들다. 그럼에도 이 시에서처럼 문득, 울컥하고 너와 내가 촉촉하게 통하며 하나로 되고픈 마음을 진솔하게 풀어놓는 게 동서고금 변함없는 서정의 본질일 게다.

그래 시학(詩學)에선 서정을 너와 나는 하나라는 '동일성의 시학'과 울컥하는 현재 이 순간에 추억으로서의 과거와 예감으로서의 미래가 함께 겹쳐지는 '순간성의 시학'으로 설명하곤 한다. 원래 한 나무 기둥에서 싹눈이 터 가지 가지로 나뉜 나뭇가지들. 서로서로 다시 하나 되려고 흔들리는 가지 끝에서 시인은 그대에게 다가가 하나로 잡고 싶은 손끝을 봐내고 있다. 그 순간 울컥, 그리움을 불러일으키는 이 시 또한 그런 서정시학에 충실한 시다.

"서봉서원에서 바라보는 먼 마을 / 낮에는 아득했는데 / 밤에는 불빛으로 남아 있어라 / 어둠 속에서 열린 귀로 / 소식을 전하는 풀벌레소리 들어라 / 글 읽는 소리 멎은 밤 / 외로움을 덮고 외등처럼 뒤척일 때 / 먼 마을을 바라보는 일 / 멀어서 더 가고픈 사랑이 있다고 / 멀어서 더 그리운 이에게 / 여름을 흔드는 노래를 담아 보내렵니다 / 아직도 가까운 임에게 / 달려가는 마음이 잠들지 못하고 / 날 밝으면 다시 가겠노라고"

–「먼 마을」 전문

글을 읽고 공부하는 서원에 가서도 먼데 있는 그대를 향한 그리움에 사무치고 있는 시다. 글 읽는 소리 대신 풀벌레소릴 들으며. 그렇다. 서정적인 예술은 물론 우리네 삶의 알파요 오메가인 그리움은 배우기 이전부터 우리 심성에 배어 있다. 이 우주와 이 무한한 창생들도 그리움으로 태어나서 펼쳐지고 있다.

태초에는 캄캄한 어둠이었다. 그 혼돈 속에서 티끌인지 안개인지도 모를 형체도 없는 것들이 서로서로 끌어당기는 인력(引力)으로 뭉치고 뭉치다 마침내 한 점이 된 그 인력의 막대한 힘이 폭발했다. 그 폭발에서 나온 빛의 파장으로 태양이며 지구며 돌이며 꽃이며 우리를 낳아 우주 창생의 드라마를 펼치고 있다는 게 우주 탄생의 정설이 되어가는 빅뱅, 대폭발이론 아닌가.

외로워 서로 끌어당기는 힘, 그게 그리움 아닐 것인가. 그런 그리움에 우주창생들과 하나로 어우러지던 원체험이 더해지며 김태경 시인의 서정시편들은 허황되지 않고 진솔하며 구체적이다.

"꽃물이 다 졌다고 / 아내의 시간은 홍시처럼 말랑말랑한데 / 잔주름은 가을같이 깊어만 간다 // 바람이 든 무 같은 사랑은 / 물고기처럼 팔딱거리는 강물 앞에서 / 이제 뒤척이는 눈물이 된다 // 희끗한 웃음을 들고 / 설움

도 차분하게 접고 있는 아내는 / 하현달 위로 걸어가는
반백년 // 꽃물이 진 자리 속에서 / 날개 접은 새들이 등
불을 켜놓았어도 / 환하게 웃는 단풍 서럽기만 하구나"

–「꽃물이 다 져도」 전문

자연을 빌어 나이 들어가는 아내를 바라보며 서정을 펼치
고 있는 이 시, 참 애잔하다. 매일 살을 맞대는 사이에서 구
체적으로 터져 나온 아내에 대한 그리움이 연민으로 나아가
고 있다.

"환하게 웃는 단풍 서럽기만 하구나"에서 그런 죄 없는
연민, 그리움이 구체화되고 있지 않은가. 환한 햇살 아래
단풍의 그늘을 바라보는 심사이기도 하고 또 같이 사는 아
내를 바라보는 심경이기도 해 꽃그늘 같은, 꽃물 다 진 아름
다움은 그리움을 구체적으로 더하게 하고 있는 것이다.

"봄이 오면 / 나 그냥 훌쩍 떠나 / 어느 간이역에 내리고
싶다 / 벚꽃 흩날릴 때 / 한없이 사랑하는 이에게 / 엽서
를 쓰고 싶다 // 목련이 환장하다 / 그대 생각에"

–「봄날」 전문

그대 생각하는 환장할 그리움에 무작정인 시와 「꽃물이
다 져도」를 비교해 읽어보시라. 연민이 더한 그리움의 구체

성을 실감할 수 있을 것이다.

　"꽃이 피는 시간에 / 파도가 밀려오고 있다 // 밀려온
파도 하나를 집어 / 검은 속 뒤집으니 / 사람들의 비늘
이 하나둘 떨어진다 // 눈 내리던 날 그녀의 사랑은 뒤
집어지고 / 눈 내리던 날 그녀의 이별도 뒤집어진다 //
또 밀려온 겨울을 집으니 / 무거운 삶에 축 늘어져 있던
어깨 / 오그라든 아버지의 비애가 툭 하고 떨어진다 //
그가 그 비애를 하얗게 빨아 널어/우리들의 슬픔까지
말리고 있다 / 우리들의 겨울을 착실하게 말리고 있다
// 붉은 꽃 지는 날 / 그는 잘 다려진 어둠에 앉아 / 겨
울을 다 걸어놓고 봄으로 걸어가고 있어라"

—「세탁소」 전문

　시인의 데뷔작인 「세탁소」 전문이다. 좀 모호하고 추상
적인 면도 없지 않지만 인간과 세상에 대한 그리움, 연민만
큼은 잘 읽힐 수 있는 시다. 사랑하다 헤어진 이를 향한 그
리움, 삶에 짓눌린 아버지에 대한 그리움 등에서 연민이 우
러나고 있어 믿음직스럽다.

　"비애를 하얗게 빨아 널어 / 우리들의 슬픔까지 말리고"
있는 시인의 세상을 향한 연민의 자세. "겨울을 다 걸어놓
고 봄으로 걸어가"는 시인의 밝고 믿음직한 발걸음이 이번

시집 편편을 쓰게 했다. 그렇게 견실하게 살아가는 시인의 삶, 그리고 어릴 적 원체험이 이번 시집 『별을 안은 사랑』을 서정적으로 끌고 가는 힘이 되고 있다. 시인의 원체험, 그 뿌리 깊은 속내에서 솟아오른 언어로 꾸밈없이 진솔한 서정을 펼치고 있기에 경건하고 믿음이 간다는 것이다.

별을 안은 사랑

초판 인쇄 2018년 12월 01일
초판 발행 2018년 12월 10일

지은이 김태경
펴낸이 박찬후
디자인 이지민

인쇄 제본 현주프린텍

펴낸곳 북허브
등록일 2008. 9. 1.

주소 서울시 구로구 구로중앙로 27다길 16
전화 02-3281-2778
팩스 02-3281-2768
이메일 book_herb@naver.com

ISBN 978-89-94938-51-6 (03800)

값 9,000원